ハイカラ令嬢スズメさん、このたびいけ好かない軍人さんに嫁ぐことと相成りました

ルネッタブックス

CONTENTS

Lunetta

【1】


元号が大正《たいしょう》と改められて早数年、季節は初夏。

東京府《とうきょうふ》の五月は毎年、藤の花があちらこちらで見事に咲き香る。

ここは、暴漢に追われて逃げこんだ光満寺《こうみつじ》。

境内《けいだい》の奥の、小さな摘《つ》まみ細工のような花びらで辺り一面、真っ白な海のように埋め尽くされた藤棚《ふじだな》の上によじ登った蓮実《はすみ》スズメは、思わず目を瞠《みは》った。

「絶景ね。まるで、大きな雲の上に上がったみたい！」

藤といえば藤色というように薄紫色をしたものが有名だが、この寺の藤は白一色に揃《そろ》えられていた。だから本当に、ふわふわとした雲の上にいるようだ。

樹齢を重ねて、白藤《しらふじ》の花は帝国女子高等学校の生徒であるスズメの背丈よりずっと大きい。

「お邪魔してごめんなさいね。せっかく綺麗《きれい》に咲いた花びら、踏んでしまわないように気をつけるわ」

満開の藤の隙間にちょこんと腰を下ろしたスズメは焦《こ》げ茶色の学生鞄《かばん》を胸に抱え、ふーっとため息をついた。

お転婆《てんば》なので自宅の庭の木には登り慣れているが、藤棚に上がったのは初めてだ。先日降った雨で湿っているせいか、足場がちょっと滑りやすいかもしれない。気をつけたほうが良さそうだった。

「藤棚って、登ってみると結構高いのね。下から見ているぶんには、そんなに高くないように見えるんだけど。うちの桜の木より、ずっと高いわ」

人通りが多くて賑《にぎ》やかな門前町《もんぜんまち》と違い、由緒正しい寺院の奥庭はひっそりと静まりかえっている。追っ手に追われて逃げている間、全力疾走したうえに木登りまでしたのだ。さすがに疲れたので、一息入れたい。

スズメは額を流れる汗を拭《ぬぐ》い、本堂のほうに向かって手を合わせた。

「仏《ほとけ》さまも、お邪魔させていただきます。罰当たりかもしれませんが、ちょっとだけ隠れさせてください。あとで、きちんとお礼に参ります」

帝国女子高等学校の生徒たちが家路につき始める、午後四時過ぎ。

「――ここなら、あの人たちも追ってこられないでしょう」

スズメは葡萄茶色《えびちゃいろ》の袴《はかま》の裾をさばいて棚の上に座り直し、何ひとつ阻むもののない空を見上げた。

棚からは、初夏の空気に温められて、藤の香気がゆらゆらと立ち上る。

頭がくらくらして、酔ってしまいそうなくらいあまい香りだ。

頭上には爽快な、とびきりの青空が広がっているというのに、自分はどうしてこんな目に遭っているのだろう、と、スズメはまたしてもため息をついてしまった。

「うまく撒《ま》けたかしら？　まさか、ここまで追ってきたりしないでしょうね……？」

まろやかな線を描く頬に手をあてがい、小首を傾《かし》げる。

並みより小柄で肉付きも良くないけれど、華奢《きゃしゃ》な体躯《たいく》すべてに元気が詰まっているような、まるで当世流行《はや》りの透明な、ぱちぱちと弾《はじ》けるソーダ水のような女学生——それが蓮実スズメである。

新しいものが好き、おしゃれをすることが好き、学ぶことも跳ね回ることも大好き。

小さな顔の中で大きな黒い瞳が常にきらきらしていて、好奇心いっぱい、元気いっぱいのお転婆娘だ。

「——あの人たちも、なにもこんなお天気のいい日に人攫《ひとさら》いなんてすることないでしょうに。いったい何を考えているのかしらね」

ぶつぶつ言いながらも周囲の様子を窺《うかが》ってみるが、追っ手らしき男たちの姿は今のところどこにも見えない。寺院の奥庭は平和そのものだった。スズメはようやくほっとして、全身の力を抜いた。

薫風が吹き抜けて、さらさらとした黒髪を乱していく。

女学生の特徴である大きなリボンを髪に結び、白地に赤い矢絣《やがすり》模様の小振り袖、葡萄茶染めの行灯袴《あんどんばかま》に編み上げのブーツ。

女学生風の服装に身を包んだ蓮実スズメは十七歳。東京府の一角、光満寺からはやや離れた中央通りにある、帝国女子高等学校の生徒である。

由緒正しい家柄の子女のみが通うことのできる女学校の生徒が、こんなふうに学校帰りに木登りをしているなんて知られたら、本当はとてもまずいのだけれど――スズメには今現在、どうしても隠れなければならない、のっぴきならない事情があった。

「それにしても、どうしよう。困ったわ。いつまでもここにいるわけにもいかないし」

「そこの女学生さん。何かお困りですか？」

不意に下から声をかけられて、スズメはびっくりして藤棚の下を覗《のぞ》きこんだ。てっきりここには、誰もいないと思って油断していたのに。

「え？」

声の主は、スズメのちょうど斜め下辺りに立っていた。

背の高いすらりとした軍服姿の美青年が、満開の花影の下、何かおもしろいものでも見物しているような眼差《まなざ》しでスズメのことを見上げている。

青年はスズメの明るい色彩の双眸《そうぼう》と違い、黒檀色《こくたんいろ》の綺麗《きれい》な、吸いこまれてしまいそうだと思うくらい深い色合いの目をしていた。

「どうなさいました？　僕でよろしければ、お手伝いいたしましょうか」

「いえ、あの」

追っ手に見つかったのかと思って、慌てて立ち上がったのが悪かったのかもしれない。

スズメはつるりと足を滑らせ、藤棚の隙間から足を踏み外してしまった。

「きゃっ！」

藤の棚は生憎《あいにく》と枠組みが大きくて、スズメの身体などすっぽりとすり抜けてしまう。

──お、落ちる……！

咄嗟《とっさ》に身体を強ばらせて、スズメはぎゅっと目を瞑《つぶ》った。

ところが、落下の衝撃はいつまで経ってもやってこない。スズメの顔ととても近いところで、誰かが吐息だけでふっと笑う気配があった。

「間一髪《かんいっぱつ》でしたね。大丈夫ですか？　お転婆なハイカラお嬢さん」

ぱち、と目を開けると、スズメは白藤の花びらをいっぱいつけたまま、軍服姿の青年に横抱きに抱き留められていた。

「きゃーっ！」

思わず悲鳴を上げて、手足をばたつかせる。

良家の子女たるもの、こんなふうに異性と触れ合うことは御法度《ごはっと》だ。

──しかも、見ず知らずの殿方相手に！　私ったら、なんてはしたない真似《まね》を……！

助けられたことよりも木登りしていたことのほうが本当はもっとはしたないのだけれど、それはこの際気にしない。だって、隠れなければ見つかってしまったのかもしれないのだ。

「離して、降ろして！」

「おとなしくなさい。今、降ろしてあげますよ」

青年将校はそう言うと、スズメを一度高く抱え直した。

あまりに軽々と持ち上げられてしまったので、スズメは一瞬、自分が子猫にでもなったような気分を味わった。

がっしりとした腕に抱き上げられたまま、スズメは目の前の青年のことをじっと見つめる。

軍帽で少し隠れてしまう容姿は、清々《すがすが》しいまでに整って凛々《りり》しかった。きりりと引き締まった、余分な肉の一切を削《そ》ぎ落とされた白皙《はくせき》の頬に、目もとの涼やかな、優雅でさえある目鼻立ち。

軍人というよりは華族や、皇族といったほうが似合うような、不思議な気品のある青年だった。

青年が片膝を折ってしゃがみながら、低く囁《ささや》く。声音もあまく穏やかで、ほかの威圧的な軍人の口調とは全然違って怖くない。

軍人というものは声が大きくて恐ろしいと思いこんでいたスズメにとって、彼の紳士的な態度は意外だった。

「僕の肩に両手を置いて、ゆっくりと足を降ろしなさい。土が湿っていますから、滑らないように気をつけて」

物腰も優雅で、いかにも女性の相手に慣れている感じがする。

身内以外の男性とこんなにも接近したのは初めてで、スズメはどきどきしながらも青年の首にしがみつくようにして体勢を立て直した。

「そう……上手ですね」

スズメの編み上げブーツがきちんと地面についたのを見て、青年がそっと、スズメの髪や肩についた花びらを払ってくれた。

スズメはほっとして、深々と頭を下げる。

「助けてくださって、ありがとうございました。なんとお礼を申し上げたらいいか」

「お気になさらず。どうぞお顔を上げてください。お怪我《けが》は？」

「いいえ、どこも」

そう答えたところで顔を上げ、スズメは改めて目の前の青年のことをまっすぐに見上げた。

──どなただろう。今まで、お会いしたことのない方だわ。

国防色の軍服の胸もとにある飾緒《かざりお》が緋色《ひいろ》をしていて、軍帽に桜葉のついた五芒星《ごぼうせい》の飾りをつけているのは帝国陸軍近衛《このえ》連隊の証だ。

それだけは軍関係に疎いスズメにもなんとかわかったけれど、それ以上の、肩章《けんしょう》などで示される細かい差異までは、興味がないのでよくわからない。蓮実家は華族の家柄の中でも文武の文をもっぱらとする家系で、武を重んじる軍人はいないのだ。

スズメの父親である蓮実伯爵の知己にも軍人はほとんどいないので、スズメが現役の軍人と直接言葉を交わすのは、よく考えてみればこれがほとんど初めてだった。

「危ないところを助けていただいたんですもの。後日、家の者と、改めてお礼を申し上げに参りたいと存じます。あの……」

名前を尋ねようとしたところで、はっと息を呑《の》む。

「あの小娘、どこへ失《う》せやがった⁉」

「探せ！　まだ、そんなに遠くへは行っていねえはずだ！」

スズメを探すあの男たちの声が、藤波の向こうから聞こえてきたからだ。どやどやと足音を立てて近づいてくる——これは、結構近い。

「大変！　見つかっちゃう！」

慌てて周囲を見回し、地面に転がっていた革製の学生鞄《かばん》を拾い上げる。スズメと一緒に藤棚から落ちていたのを、すっかり忘れていた。

「お嬢さん？　もしかして、追われていらっしゃるんですか？」

「いえ、えっと……急いでおりますので、失礼いたしますわ！」

なんとかそれだけ口にすると、スズメはもう一度深々とお辞儀をして、それから勢いよく走り出した。呆気《あっけ》に取られて見送った青年は、ふと、目の前の藤の枝に赤いリボンが引っかかっていることに気づいた。

「リボンか。あの娘さんのものかな」

藤棚から落ちるときにでも引っかけて、ほどけてしまったのだろうか。

枝に絡まっていたリボンを外している青年の近くを、風体のよろしくない男たちがまとまって走って行く。

「今度は逃がすな！　あの小娘をひっ捕まえて今日こそは伯爵を引っ張り出さねえと、俺らがお頭《かしら》にどやされるぞ！」


——ああ、もう！　授業で使っている長刀《なぎなた》を持ってくるんだったわ！

そのことを、スズメは激しく後悔していた。

行く当てもなく闇雲《やみくも》に走ったせいで、あっという間に追いつかれてしまった。

スズメにはこの辺りの土地勘がないので、そもそも圧倒的に不利だったのだ。裏通りの細い路地裏に追い詰められてしまい、スズメは絶体絶命の状況に陥《おちい》っていた。

鞄を両手で胸に抱え、肩で大きく息をする。

単衣《ひとえ》をだらしなく着崩し、腹に巻いた白い晒《さら》しが見えているならず者たちが、にやにやしながら間合いを詰めていく。大柄な男たちの図体《ずうたい》に阻まれて、スズメでは強行突破はできそうになかった。

「やっと追い詰めたぞ、蓮実伯爵家のお嬢さん。ちょっと俺たちと一緒に来てもらいますぜ」

「なあに、手荒な真似はしやしませんよ。おとなしくしてくれるならね」

「お父上に御用があるんですが、のらくらと逃げられちまってましてね。お屋敷に行っても門前払いで、こちとらほとほと困っているんでさあ」

先ほど女学校を出てすぐのところでこうやって絡まれて、そのときは隙を突いて逃げ出すことができた。でも今は、左右を背丈よりも高い石塀に囲まれた行き止まりだ。

――どうしよう。今日は、誰にも迎えを頼んでいないし。

いつもは二輪車で通学しているのだが、今日は愛車が故障してしまい、ひとりで歩いてきた。

こんなことになるのだったら、家令や乳母が言っていたように、人力車《くるま》を使えば良かったかもしれない。

といっても、すでにあとの祭りだ。

助けを求められそうな人間はおろか、猫一匹見当たらない。じりじりと後ずさるスズメの背中が、背後の塀にぶつかる。

「通してください。寄り道は、校則で厳しく禁じられておりますの」

スズメが気丈に伝えると、男たちが顔を見合わせてゲラゲラ笑う。

「さっすが、華族のお嬢さんは気が強《つえ》えなあ。借金しておいてその態度はいただけねえ」

「貧乏華族でも、矜持《きょうじ》はたいしたもんだ。いっそのこと嬢ちゃんが芸者に身売りして稼いだらどうだ？　きっと人気者になるぜ」

父の蓮実克哉《かつなり》の事業が行き詰まり、莫大な借金を抱えているという事情はスズメも知っている。このところ取り立てが厳しく、思うように返済が進まないことも――それどころか、借金がさらに増えていることも。

「……もうしばらくの間だけ、待っていただけないかしら。お父さまは返すと仰《おっしゃ》ったら必ずお返しするわ。義理堅い方ですもの」

「いつまでも、のんきに待っちゃあいられないんだよなあ。利子ってもんもあるからね」

男たちも退《ひ》かない。

早いところ蓮実伯爵本人を引っ張り出すために、ひとり娘のスズメが必要なのだ。

そうでないと、自分たちが親分にどんな折檻《せっかん》を加えられるかわからない。

「世間知らずのお嬢ちゃん。世の中はそうあまくねえってことを、教えてやらねえといけねえみたいだなあ？」

兄貴分らしい男が着物の袖をめくり上げると、浅黒い二の腕に青い入れ墨がちらりと見えた。やはり、どう見ても堅気の人間ではなさそうだった。

「さあ、鬼ごっこは終《しま》いだ。おめえら、連れて行け」

乱暴に手を掴《つか》まれ、路地から引きずり出される。

「いやっ、離して！」

スズメは相手の足を踏んづけたり鞄を振り回したりして、精一杯抵抗した。けれど肩を押さえられ、最後の抵抗で爪を立てて、間近に迫った男の頬を引っかく。

「痛っ」

「離しなさいってば！　触らないで！」

「ちっ、このじゃじゃ馬め……！　誰か、こいつの口を塞《ふさ》げ！　大声を出されて助けを呼ばれでもしたら面倒だ」

「合点《がってん》！」

「んーっ、んぅーっ！」

ごつごつとした男の手で口を塞がれてもなお、スズメは諦めずに抵抗する。

そこへ、涼やかな声がぴしりと割って入った。

「おい、きみたち。そこで何をしている」


「女学生相手に、大の男が三人がかりですか。感心しませんね」

そこには、先ほど藤棚で出会った青年将校が怖い顔をして立ちはだかっていた。突如として現れた帝国軍人の姿に、ならず者たちは一瞬面食らって動きを止める。

青年は男たちに侮蔑的な眼差しを向けるのとは対照的に、スズメと目が合うと、にっこり愛想良く微笑《ほほえ》みかけてきた。軍帽のひさしに手をかけて、軽く礼を取る。

「やあ、お嬢さん。先ほどは失敬。お忘れ物をお届けに参りましたよ」

青年がそう言いながらつかつかと進んで、スズメに向かって手を差し出す。男たちはその有無を言わせぬ気迫に押されて、いささかたじろいでいるようだった。

それもそうだろう。

一目で陸軍所属とわかる、それもかなりの身分の将校相手に、下手《へた》な真似はできない。

片腕でスズメを引き寄せて背後に保護しながら、青年は男たちに冷酷な表情を浮かべて言い放つ。

「今日は僕はもう非番でしてね。面倒なことに巻きこまれるのはごめんだから、さっさと引き上げなさい。そうしたら、一度は見なかったふりをしてあげますよ」

口調はやわらかかったが、相手に逆らうことを許さない迫力がある。かなりの身分の青年なのだろうか。

相手を従わせることに慣れた者特有の、一種傲慢《ごうまん》な口ぶりだった。

入れ墨の男が、焦《じ》れたように叫《さけ》ぶ。

「ふざけんな！　そんなことを言われて、はいそうですかと引き下がれるかってんだ！」

やっちまえ、という号令に従って、残るふたりも青年に襲いかかる。その瞬間、青年の瞳が嬉《うれ》しそうにきらっと光ったのを、スズメは確かに目撃した。

「先にそちらが手を出してきたんですから、正当防衛が成立しますね。では、遠慮なく」

それからは、まるで舞を見ているかのようだった。スズメは唖然《あぜん》として、その様子をただただ見ている。

狭い裏通りは砂利道で、大立ち回りをするには向いていない。そんなことを一切気にせず、腰に下げたサーベルに手も触れず。

青年は白い手袋を嵌《は》めた手で男たちを殴り飛ばし、軍用ブーツを履いた足で蹴りを入れ、叩《たた》きのめす。

三人が情けなく地面にのびてしまうまで、さほど時間はかからなかった。一瞬の早業《はやわざ》で、スズメがはっと気がついたときにはもう、勝負がついてしまっていた。

「まあ……！」

「口ほどにもない」

青年が、手袋を嵌めた手をぱんぱんと叩《はた》いて土埃《つちぼこり》を払い落とした。

「二度と、このご令嬢に手出しをすることのないように。顔は覚えましたからね。次は容赦しませんよ」

青年は息ひとつ乱さず、スズメに向き直る。

「お待たせしました。さあ、参りましょうか」

涼やかな面に安心させるような微笑を浮かべて、立ち尽くしているスズメの顔を覗きこんできた。

彼が屈《かが》んでくれると、目線がちょうどよくなる。

「女性の前で無粋な真似をして、怖がらせてしまいましたか？」

「いいえ……大丈夫です」

「ち、ちくしょ……なんで俺らが、こんなお坊ちゃん軍人風情に……っ」

腹部にまともに蹴りを入れられた男たちは、苦しそうに蹲《うずくま》っている。

それを冷ややかに見下ろし、青年は冷酷に告げた。

「軍人をあまりなめてかからないほうがいい。我々は実戦と理論の両方を基本から徹底的に叩きこまれた、いわば武器と暴力沙汰の玄人《くろうと》ですよ」


それきり青年はスズメの手を引き、砂利道を抜けて表通りの方角へと進んでいった。

小さな長屋が建ち並ぶ雑多な町並みの先、大きな四つ辻に行き着くと、ぱっと視界が開ける。

幅の広い車道と、舗装された通り。

両端には大きな屋敷や大店《おおだな》が並び、乗合馬車や荷車が行き交い、箒《ほうき》を持った小僧や女中が店の前を丁寧に掃き清めている。

裏路地と比べれば上品な様子だったけれど、華族令嬢として育ったスズメには、賑《にぎ》やかな日常の暮らしが物珍しく映った。

——そういえばこの辺りに来たのって、初めてね。

まだ火の灯されていないガス燈《とう》の下に、大きな黒い自動車が一台待っていた。きっと、この青年の家が所有しているものなのだろう。

眩《まぶ》しいくらい白い手袋を着けた運転手が運転席から降りてきて、青年とスズメに向かって黙礼する。

運転手と自動車をそこに待たせたまま、青年はポケットから取り出したリボンを、きょろきょろと辺りを見回しているスズメの手の上に載せた。

「はい、お忘れ物。あなたのものでしょう？」

まあ、と目を瞠ったスズメは、慌てた様子で頭の後ろに手をあてがった。確かに、いつもそこに結び留めているはずのリボンがない。

「いつのまにほどけていたのかしら。これ、私の宝物なんです。嬉しい」

満面の笑みを浮かべて顔を上げると、青年も端麗な顔立ちに微笑みを浮かべてスズメを見つめていた。

「少しほつれてしまっているようですが。扱いが無骨《ぶこつ》だったようで、申し訳ありません。なにぶん慣れていないものですから」

「構いません。だいぶ古いものですし……それに、繕い直せば済むことですもの」

女学生が愛用するリボンの大抵は高価な舶来ものだけれど、スズメにとってはそれだけではない。

「ここに、スズメって刺繍《ししゅう》で縫い取ってあるでしょう？　女学校に入学する前に、お母さまが私の名前を刺繍してくださったの。形見なんです」

「あなたによくお似合いの、愛らしいお名前ですね。しかし、形見ということは」

「ええ。亡くなりましたの……」

母親の病気が見つかってからというもの、スズメは半年ほど女学校を休学して、ずっと付き添っていた。

当時はまだ蓮実の家も傾いていなくて、父も欧州の薬を取り寄せたり名医と呼ばれる医者に診察を頼んだりして懸命に看病したのだが、母は衰弱するばかりで、そして静かに、穏やかに息を引き取った。

「二年ほど前のことになりますわ」

そうですか、とつぶやいた青年が、改めて軍帽のひさしに手をやった。

「申し遅れましたが、僕は帝国陸軍近衛連隊中尉、都築《つづき》緋生《ひお》と申します」

「都築さまですね。二度も危ないところを助けていただき、お礼の申しようもありません」

すると緋生は小さくため息をつき、それから小さな子供を諭すような口調になった。

「実は、そのことで一言申し上げようと思って追いかけてきたのです。勇ましいのは結構ですが、お転婆はほどほどになさい。今日のところは難を逃れましたが、いつか大怪我をすることになりかねませんよ」

いきなりずけずけと言われて、スズメはちょっとむっとした。

藤棚に上がったのは、なにも好奇心からではない。追っ手に見つからない場所を探していて行き着いただけだ。スズメとしては、不可抗力だと思う。

――それなのにこんなふうに言うなんて。

でも十七歳の乙女として、名前を知ったばかりの男性に口答えするような不躾《ぶしつけ》なことはできない。そんなことをしたら、父親や蓮実の使用人たちの躾がなっていないせいだと恥をかかせてしまう。だからうつむいて、ぐっと我慢する。それが、スズメにできる唯一の抵抗だ。

「さあ、自動車にお乗りなさい。ご自宅まで送って差し上げましょう」

「いいえ、ここで結構ですわ。女学校まで戻れば、道筋もわかりますもの」

登下校中の寄り道は校則で禁止されているというのは、嘘《うそ》ではない。

光満寺ならともかく、その奥の地域までスズメは今まで立ち入ったことはなかった。基本的に良家の子女というものは、勝手にひとり歩きをすることはないのだ。人力車に乗ったり、歩くにも供の者を連れていたりするのが普通である。

でもスズメは、ちょっと普通の華族令嬢ではなかった。

「女学校の一番高い塔の端が、あの角の向こうに見えていますもの。そこまで戻れば、あとは目を瞑っていても帰れます」

普段は、屋敷から女学校までを二輪車で走り通すお転婆娘だ。

その二輪車を修理に出して、徒歩通学になった途端にあんな男たちに追い回されたのだから、今日は巡り合わせが悪かったとしか思えない。おまけに、二輪車は部品も高価で取り寄せなくてはならず、修理が終わるまでに数ヶ月かかると職人に言われてしまった。

——初対面の方にお小言を言われるし、今日は本当についてないわ。

つん、と澄ました顔で断ると、緋生は口もとを片手で押さえて横を向いた。どうやら、吹き出すのを我慢しているようだ。

――なんだかこの人、失礼じゃないかしら。

スズメがむくれると、緋生は余計におもしろくなるらしく、軍帽を深く下げて顔を隠しながら、肩を揺らして笑っている。

まったく、いったいどういう人なのだろう。スズメが怒っているのに、笑うなんて。

「状況がわかっていますか？　諦めの悪そうな連中でしたからね。あの男たちはきっと、まだその辺りにひそんで様子を窺っていますよ」

そう言われて、スズメは言葉に詰まった。待ち伏せされているのでは、意地を張ってもいられない。

結局スズメはしぶしぶながらも緋生の差し出す手に掴まり、大きな自動車の後部座席に乗りこむしかなかった。

「迷子のスズメ嬢。ご自宅はどちらですか？」

低くやわらかな声で歌うように問いかけられて、迷子じゃありません、と、そっぽを向きながら答える。

「……大通りを突き抜けたところにある、生け垣に囲まれた白い洋館ですの」

ああ、というように、運転手が緋生より先に合点のいった表情を浮かべて頷《うなず》いた。

「赤い屋根が可愛《かわい》らしい、あの白亜の洋館……蓮実伯爵邸でございますね。承知いたしました、お嬢さま。あとはわたくしにお任せくださいませ」

＊

煉瓦《れんが》敷きの道路は、自動車で進むたびにガタガタと揺れる。

自動車が走り出して、数分経った頃だろうか。

スズメの隣に腰を下ろした緋生は軍服の襟を緩め、少し窓を開けた。

「失敬。風が吹きこんで、髪を乱してしまうかもしれませんが」

「平気です。どうかなさいまして？」

今まで飄々《ひょうひょう》としていた緋生がやや苦しげにしているように見えて、スズメは思わず眉根を寄せた。

先ほどまでは元気そうだったし現に男三人を相手に余裕の立ち回りをしたのに、今はなんだか呼吸をするのもつらそうに見える。

もしかして、彼も病人なのだろうか。

「いいえ、情けない話ですが自動車は不得手でしてね。ちょっとしたことで、頭が痛くなってしまうんですよ」

「大変！　それでしたら、横になりになったら？　私、お邪魔なようでしたら降りますわ。もう屋敷も近いですから」

病人は苦しい思いをしているのだから、手助けしてあげなくてはいけない。

母親を看病していた頃のことを思い出して、スズメは一気に心配になってしまった。母の日向子《ひなこ》は胸を患っていて、いつもは元気そうに振る舞っていても、発作が起こるとひどく脆《もろ》く、弱々しく見えたものだ。

背中を摩《さす》ったり手を握ったりして励ますことしかできなかったけれど、あのときスズメは、母の苦しさを半分でもいいから代わってあげたかった。

——この方、乗り物酔いして気分が悪くなってしまったのかしら。でも頭痛がすると仰っていたから、乗り物酔いではないのかしら？

横目でちらりとスズメを見た緋生は、青ざめた顔ながらふっと微笑んだ。

「平気ですよ。慣れていますから」

運転手が主の様子を窺いながら、そっと告げる。

「旦那さま。蓮実伯爵邸が見えて参りました」

顔色が少し優れない緋生は運転手に指示して、自動車を蓮実邸の生け垣に沿った目立たない一角に停めさせた。

外灯が等間隔に設置された、自動車に乗ったままでも余裕で通れる通用門は開いているというのに、玄関前の車寄せまで行かない理由がスズメにはわからなくて首を傾げる。

鬱蒼《うっそう》と茂る森に囲まれてそびえ立つ白亜の洋館は、父親の克哉が倫敦《ロンドン》の建築家をわざわざ呼び寄せて造らせたものだ。白壁には見事な蔦《つた》がびっしりと這《は》っていて、まるで西洋のお伽噺《とぎばなし》に出てくるお城のような外観だと、近隣でも評判の屋敷である。

広大な敷地の中には小さな池があり、そのそばには、スズメが幼い頃に大好きだったブランコがそのままになっている。

ブランコの周辺は昔は薔薇《ばら》が咲き乱れていてスズメの格好の遊び場だったが、ここのところは手入れが行き届かず、薔薇の根も朽ちてしまった。

明治《めいじ》の時代から、華族たちは争って好みに合わせた洋館を建てさせたものだ。蓮実邸はその中でも、まるで人形遊びの洋館をそのまま大きくしたようで、浮世離れした感があった。

「ここで降りたほうがいいでしょう。妙齢のご令嬢が見ず知らずの男に送り届けられたなんて知ったら、お屋敷中大騒ぎになってしまうでしょうから」

「言われてみれば、確かにそのとおりだわ……！」

父はともかく、昔気質《かたぎ》の家令や乳母が聞いたら、とんでもない騒ぎになることだろう。

思いもよらなかったことを言われて、スズメが目を丸くする。

「楽しい時間でしたよ、スズメ嬢。お屋敷に帰り着くまで見ていてあげますから、お気をつけてお帰りなさい。それともこのお屋敷でも、木を登ってお帰りになりますか？　登り甲斐《がい》のありそうな木がたくさんありますね」

「私、そうそう木登りはいたしません！」

ちょっと皮肉っぽい口ぶりは、この青年の癖なのだろうか、とスズメは思い当たった。

——黙っていれば、見とれちゃうくらい綺麗なお顔なのに。

屋敷まで送り届け、帰るまで見守ってくれているというのはきっと、追われたスズメのことを心配してくれているからだ。気遣いはこまやかなのに、口調がひやかし気味なので全体的にいい人、と素直に思うことができない。

でも自分が門前から木を伝って帰る姿を想像すると、なんだかとてもおもしろかった。思わず笑ってしまいそうになって、慌てて、つん、とすまし顔を作る。

「……よろしければ中へどうぞ。助けていただいたお礼に、お茶でもいかがですか。お点《た》てしますわ」

スズメに続いて自動車から降り立った緋生が、おや、と目を瞠った。

「お猿みたいに軽々と木に登るお嬢さんは、茶道にも心得がおありですか」

彼の目に、スズメはどれだけ暴れん坊に見えているのだろう。

蓮実家のひとり娘として、一応、茶道や華道にだって嗜《たしな》みはある。腕前はともかく、お茶を点てるのは好きだ。

「——女学校の授業では、長刀のほうが断然得意ですけど」

「いつかお手前を拝見したいものですね。すてきなお申し出ですが、生憎と今日は、このあと用事がありますので」

さらりと断った緋生が、また背を屈めてスズメの顔を覗きこみ、端正な面立ちに、それはそれは魅力的な笑みを浮かべた。

「勇敢で無鉄砲なお嬢さん、またお会いしましょう」

できることならもう会いたくないわ、という正直な気持ちをこめて、スズメは大きな声で挨拶《あいさつ》した。

「親切でお節介な軍人さん、それではご機嫌よう！　頭痛、どうぞお大事になさいませ！」

大笑いしながらも緋生はそのあと、スズメが屋敷の中に姿を消すまで、ずっとその場で見送っていてくれた。

【2】


「まったく、親切なのかそうでないのかわからない人だわ！　軍人さんて皆、あんな感じなの？」

ぷんぷんしながら門を潜《くぐ》り、自動車がなめらかに走れるよう石畳を敷き詰めてある通路を足早に進む。門番の老人は兼任の庭仕事に出ているのか、姿が見えない。

大きな廂《ひさし》のある車寄せに近づくと、奥にある車留めに、大型の自動車が二台並んで駐《と》まっているのが見える。そのうちの一台には、見覚えがあった。

玄関ホールでは、蓮実《はすみ》家の家令が心得た呼吸で中から扉を開けて出迎える。

「お帰りなさいませ、お嬢さま」

「ただいま戻りました」

礼儀正しく西洋衣服に身を固めた五十代の家令が、穏やかな笑みを漂わせながらスズメの鞄《かばん》を受け取った。

スズメの上等の学生鞄は、今日は埃《ほこり》だらけ、藤の花びらだらけになっている。

誘拐未遂に木登りといろいろこなしてきた証拠だが、熟練の家令は軽く片方の眉を動かしただけで、それ以上の追求はしなかった。

根がそこつなスズメがあれこれ壊したり破いたりするのは、日常茶飯事だ。このくらいで驚いていては、蓮実家の家令は務まらない。

「ねえ、じいや。うばやの様子はどう？　ちゃんと休んでいて？」

普段どおりを装ったスズメは、真っ先に気がかりなことを尋ねた。

「今日は、お医者さまが往診してくださる日でしょう？」

だから早く帰ってきたかったというのに、とんだ邪魔が入ってしまったものだ。

天井が吹き抜けになっている玄関ホールは、窓のステンドグラスから差しこむ陽射しがやわらかく明るい。

克哉《かつなり》が建てたこの屋敷は全体的に西洋風で、仏間と離れの茶室以外は和室もない。ひとり娘のスズメが生まれたときに、克哉が娘のためにと一流の建築家を呼び寄せて最新式の屋敷を建てさせ、シャンデリアやステンドグラスなどはわざわざ本場の巴里《パリ》、倫敦《ロンドン》から選び抜いた品を取り寄せた。

美しく華やかな西洋屋敷で進歩的な考えの両親に囲まれて育ったから、スズメが新しもの好きの好奇心旺盛、明るく溌剌《はつらつ》としたハイカラさんになったのも当然のことである。

生まれついての華族らしく鷹揚《おうよう》で教養豊かな克哉は、基本的に娘をおおらかに、自由に育てて堅苦しい教育はしなかった。母の日向子《ひなこ》と乳母の教えで年頃の娘らしくひととおりの嗜《たしな》みは身につけたが、今のところあまり役立っていない。

「恐れ入ります。開発されたばかりの、新しい咳止め薬を処方してくださいました。それで、だいぶ楽になったようでございます。先ほど様子を見に参りましたら、ぐっすりとよく眠っておりました」

「そう。それは良かったわ。このところよく眠れていないみたいだったものね。でも春先は変な風邪が流行《はや》ることもあるし、まだ用心しなくちゃ」

家令の妻で、スズメが生まれたときから世話をしてくれる乳母は去年の秋の終わり頃から体調が優れない。ひどい咳が続き、寝たり起きたりの日々が続いていた。

「冬の間、どこかの温泉地でゆっくり療養していらっしゃいって言ったのに。そのほうがずっと身体にいいのに」

「妻は、お嬢さまと片時も離れたくないんでございますよ」

乳母の夢は、我が子とも思って大切に大切に育ててきたスズメが幸せな結婚をすることだ。日向子が二年前に病気であっけなく天国へ旅立ってしまうと、ますます乳母はその願望を強くしたようである。

「お嬢さまの花嫁姿を拝見するまでは、死ぬに死ねない——が、妻の口癖でございますからね」

実直な物言いの中に苦笑いを滲《にじ》ませた家令が、おや、と気づいて尋ねた。

「お嬢さま。御髪《おぐし》のおリボンは、いかがなさいましたかな」

「え。あの……その、体操の授業中にほどけてしまったの」

「さようでございましたか」

それはそうと、と、スズメは話題を変えた。

嘘《うそ》をつくのは下手《へた》なのだが、誘拐沙汰のことを話すつもりはなかった。ただでさえ乳母の調子が良くないのに、家令に余計な心配をさせたくない。

それに家令に話せば、克哉に筒抜けになってしまうことは火を見るより明らかだ。

――お父さまだって、毎日お仕事で大変なんだもの。これ以上ご心配をおかけしたくないわ。

「お庭に、お車が見えたわ。私は最近お目にかかっていないけれど、また尾之江《おのえ》のおじさまがいらしているの？」

「さようでございます。応接間で旦那さまと商談をなさっておいでてございます」

尾之江次郎《じろう》は蓮実の家にとっては日向子の里方の遠縁に当たり、手広い実業家として世間でも重んじられている人物だ。

この屋敷を訪れるとき、尾之江はなんとも気前よく、焼き菓子や果物、花といった手土産を山のように積み上げる。濃厚な風味のチョコレイト、優雅な菫《すみれ》の砂糖漬け、可愛《かわい》らしい花ぼうろ、ふわふわのカステラ菓子。

まだ珍しく高価なお菓子をどっさり持参するので、お相伴する使用人たちは大喜びだ。

「お嬢さまのお好きな、くりいむをたっぷり使った……なんと申しましたかな、ケ……ケ……」

「ケイク？」

「それでございます。そのケイク菓子も、たくさんお持ちくださいましたよ。お嬢さまの好物とご存じなのでいらっしゃいますね」

「そんなにたくさん……？」

スズメは嬉《うれ》しいようなそうでないような、複雑な気分を味わった。

おいしいお菓子は嬉しいけれど、蓮実家は内情が火の車なので、そんな高級品は滅多《めった》に買えない。今の時代、家柄の良い華族は質素な暮らしに甘んじ、裕福なのは主に、新華族と呼ばれる階級の平民出身の者ばかりだ。

克哉は若い頃に会社を興して成功していたのだけれど、ちょっとしたことがきっかけで躓《つまず》いてからは、日に日に借金が嵩《かさ》んでいくばかりである。

「相変わらず、尾之江さまは羽振りがよろしいようで。結構なことでございます」

家令の言葉には平民でありながら資産家の尾之江を羨《うらや》むような、蔑《さげす》んでいるような、複雑な響きがこめられていた。

商売のうまい者は品がない、とでも言いたげな顔つきだ。

高貴な人間は金勘定ができないのが良しとされているから、それも無理はない。

「うちは所詮《しょせん》、成り上がりだからな。由緒正しき蓮実家とはそこが違うのさ」

金の手すりのついた螺旋《らせん》階段の真上から爽《さわ》やかな声が降り落ちてきて、スズメはびっくりして顔を上げた。

「まあ……那由多《なゆた》さんもいらしていたの」

「ええ、親父さまのお供でね。お久しぶりだねスズメ嬢、今日のご機嫌はどうだい」

那由多が、踊るような軽い足取りで階段を下りてくる。

スズメの幼なじみでもある彼は、職人に特別に誂《あつら》えさせた靴しか履かない。こだわりのある革靴は、スズメの顔が映りそうなくらいぴかぴかに磨き上げられていた。

スズメより三歳年上のこの青年は、全体的に垢抜《あかぬ》けた、すっきりと整った風貌をしているうえに、目尻に匂い立つような鋭《するど》い色香がある。華やかで存在感があって、若い牡鹿《おじか》のようにしなやかな体《たい》躯《く》の持ち主だ。

派手好きでプレイボーイとしても名を馳《は》せ、雑誌のゴシップ欄の常連でもあった。那由多自身も自分の魅力のほどを充分に意識していて、身につける品は常に極上のものばかりを選び抜いている。

細かく採寸して細身の身体にぴったりと合った三つ揃《ぞろ》えのスーツに、洋行土産の香水。胸ポケットを彩る、金鎖《チェーン》つきの懐中時計。

水も滴《したた》るいい男というのは、彼のためにあるような言葉だった。洒落《しゃれ》に洒落た伊達男《だておとこ》ぶりに、家令が思わず感嘆の吐息を零《こぼ》す。

「あんまり、良くはないわ」

スズメは率直に今の気分を打ち明けた。

男女の隔てがなかった頃は、庭のブランコを一緒に漕《こ》いで遊んだ仲だ。

「相変わらず正直なことだね。正直な女性は可愛らしくて好きだよ」

那由多は三年ほどかけて欧州に遊学し、帰国してからは父親の仕事の手伝いをしている。そして暇を見つけては、愛車を運転してあちこちを走り回っているそうだ。

自動車の運転は特殊な技術と勉強が必要なうえに、専門の運転手を雇うのが常識である。自分自身で運転することを好む那由多は、少し変わり者の一面も持っていた。

「正直ついでにそろそろ、僕のプロポーズを受ける気になってくれると嬉しいのだけどね？」

スズメに許しも得ず、那由多はスズメの左手を取って手の甲に恭《うやうや》しく口づける。あっという間のできごとで、スズメは断る暇もなかった。

なんとも日本人離れした気《き》障《ざ》な振る舞いに、端《はた》で見ていた家令が目を剥《む》いた。

スズメは、ぱっと手を振りほどく。

「前にも言ったでしょう。お受けする気はないわ。お生憎《あいにく》さま」

那由多は話題が豊富で明るく、人好きのする性格をしているのだけれど——なにぶん女癖が悪くて、このとおり手が早い。

会うたびに挨拶《あいさつ》代わりにプロポーズをするこの青年のことが、スズメはいまいち苦手だった。

どこまで本気なのか読めないし、第一、スズメはこの青年相手に恋心を抱いたことがない。

「僕のプロポーズを断る女性なんて、きみくらいなものだよ。自分で言うのもなんだけど、蓮実家にとっても良縁のはずなのに。わからないなあ」

スズメ以外の女性にすげなく断られたためしがない那由多は、両手を広げて大仰なしぐさで首を振る。

この青年が身じろぎするたびに、厳選された香水の香りが漂って、それがスズメには少し強すぎるように感じた。

「我が家は歴史はないけれど財産がある。今は没落気味の華族はどこも、資産家と縁を繋《つな》いで生き延びている時代だ。誇《ほこ》り高いご令嬢には到底考えられないことかもしれないが、これも風潮というものだよ」

縁続きだけあって、那由多は蓮実家の内情を実に正確に把握している。那由多の実家である尾之江家はスズメの母方の親戚であるが、血の繋がりはほとんどない。

尾之江家の当代当主、尾之江次郎は貿易の会社をいくつも経営し、若い学生や芸術家を支援していることもあり、高潔な大物として交友関係も幅広い。

克哉が所有しているのも、同じく貿易を主にした会社なので、このふたりは血縁関係なしに話が合うようだった。

克哉は蓮実邸でなにか催しごとがあるときには必ず尾之江を招いたし、尾之江も那由多を連れて、定期的に蓮実邸を訪ねてくる。

だからはっきりと言わなくても、だんだんと使用人が暇を取って屋敷の中が閑散としていくありさまを見れば、経営状態もわかってしまうものらしかった。

克哉の仕事がうまくいっていた頃は屋敷内にも活気があって、日向子やスズメのために、常に宝石商や呉服屋が行李《こうり》を担いで出入りしていたものだ。

おおらかな克哉は金策に困った人たちが相談に来ると、ろくに利子もつけずに金子《きんす》を都合してやっていた。仕事がないと言う人を見ると必ず雇ってやっていたし、貧乏だけれど見所がある書生も何人も置いて面倒を見ていた。

そんな父親の様子を、子供ながらにスズメは、誇らしく思っていた。

ところが日向子が他界したのち、急に事業は立ちゆかなくなり、克哉はやむを得ず借金を繰り返すようになってしまい――一度借りた借金は、世間知らずな克哉がゆったりと構えているうちに、どんどん膨れ上がっていってしまったのである。

「あからさまに言うのは憚《はばか》られるが、かなり困っているんだろう？　僕のもとに来れば結納代わりに借金の肩代わりだってしてあげられる。妻に、不自由な思いはさせないさ。大切にするつもりでいるよ」

「お気持ちはありがたいけど、それとこれとは話が別よ」

きっぱり断っても那由多は気にすることなく、スズメとの縁談を進めようとしてくる。

それもまた、スズメが一緒にいて居心地の悪い思いをする理由のひとつだった。

どんな理由があるにせよ、プロポーズを断るというのは大変気力が要《い》る。

「なんにせよ、親父殿は僕らを結婚させるつもりでいるから、伯爵がご承知なさるのも時間の問題だろう。きみには最新のウエディングドレスがよく似合うだろうから、巴里からとっておきの品を取り寄せよう。だがダイヤモンドの指輪だけは、アメリカに限る。紐育《ニューヨーク》の五番街にいい店があるんだよ。新婚旅行で一緒に買いに行くのもいいかもしれないな」

すらすらと並べ立てられて、スズメは呆《あき》れて首を振った。

こういうところが、那由多はプレイボーイなのだ。女性に必要なもの、憧れそうなものをよく知っている。

──いったい何人の女性とお付き合いすれば、こんなふうにすらすら言えるようになるの？

「私はいらないわ。そんな贅沢《ぜいたく》なもの」

那由多はこのとおり気障で遊び人だけれど、決して悪人ではない。それはスズメもよく知っている。プロポーズを何度断っても気を悪くした様子も見せないし、スズメに向かって声を荒らげたり、手を上げたりもしない。上流階級にふさわしい、生粋の紳士なのだ。

「私、自分が嫁ぐ相手は自分で選びたいの。私の選ぶ人は、あなたじゃないわ」

「さすがはハイカラさんだな。先進的で、自分の意見をきちんと持っている」

でも、と、那由多が金の手すりに寄りかかって続ける。

那由多の好む香水は、蘭《らん》の香り。

「きみが自由気ままでいられるのは、女学生の間までだ。考えてもごらん。女性というものは、男性に守られないと生きていくことができないものだよ」

「そんなことないわ。女性だって、ひとりで立派に生きていけるはずよ。現に平塚《ひらつか》らいてうだって、与謝野晶子《よさのあきこ》だって」

声を上げて立ち上がったわ、と言おうとしたスズメの言葉を、那由多が遮《さえぎ》る。

「それは無理だよ。夫は外で戦い、妻は家庭を守る。妻は夫に仕え子供を産み育て、世間の荒波から守られて庇《かば》われて。そうして生きていくのが、世の中の摂理だ。そう……美しい一輪の花のようにね」

「そんなの、もう時代遅れよ。御維新《ごいっしん》を機に、女性は目覚めたの。女性はこれから、もっともっと社会に進出する。殿方に守られなくても生きていける時代がきっと来るわ」

スズメの反論に、手首のカフスの具合をちょっと直しながら、那由多は意外なくらい大人っぽく微笑して頷《うなず》いた。

「スズメ嬢。きみはまだ、世間というものがわかっていないんだね。胸の内がまだ、潔癖な少女のままだ。か弱い女性がそんなふうに生きていくなんて、庶民ならともかく、箱入りのきみには無理だよ」

スズメはきかんきな顔をして首を振った。

「そんなことないわ。お母さまやうばやからも、『女性というものは、幸せな結婚をすることが最大の幸福です』って教わったけど、でも、私はそうは思わない」

——旦那さまに仕える？　子供を産み育てるために、屋敷に閉じこもって外にも出ないで、おとなしくしているのが女の幸せだっていうの？

　そんなの、スズメには到底納得できない。

『女性』とひとくくりにされたところで、それぞれに性格が違うし結婚相手だって違う。千差万別、百人の女性がいれば百通りの生き方があるように、スズメだってスズメだけの幸せがあってもいいはずだ。

「私は、たとえ結婚してもおとなしく旦那さまに仕えたりしないわ。今とちっとも変わらないし、世間一般的な『貞淑な妻』になんてならない」

　小鳥の囀《さえず》りを楽しむような表情でスズメの主張に耳を傾けていた那由多が、両肩を軽く竦《すく》める。

「まあ、結婚してしまえば自覚も出てくるさ。きみももう十七歳。そろそろ、潮時だ」

ずい、と、那由多が身を乗り出す。

　スズメは知らず知らずのうちに、後ずさった。家令は少し離れたところで控えていたが、とうとう我慢しきれずに口を挟む。

「尾之江の若君さま」

「きみは下がりたまえ」

　一言で家令を追い払い、那由多はステンドグラスを嵌《は》めこんだ窓際までスズメを追い詰めた。長い両腕を窓について、その間にスズメを閉じこめる。

「何をなさるおつもりなの!?」

強い香水に混じって、煙草の残り香が鼻先をかすめていく。洋行前の那由多から、こんな香りはしなかったはずだ。

スズメは不意に、目の前の青年のことが恐ろしくなった。

彼はもう、大人だ——スズメとは違う。

「近寄らないで……私に触らないで！」

「大丈夫。無理強いはしないよ。そんなことをするのは、僕の主義に反する」

すっかり日が暮れて、眩《まぶ》しいくらいの夕焼けが、両腕をついてスズメの頭上に覆《おお》い被さる那由多の背を照らす。

「きみがどうであれ、僕はきみのことを好ましく思っている。蓮実伯爵の愛娘《まなむすめ》は、僕の妻にふさわしい」

単なるプレイボーイではなく。

尾之江次郎の跡継ぎとして——社会に通用する、一人前の男として。

那由多はスズメを見つめたまま、力強く言い放った。

「僕は数日したらまた数ヶ月、巴里へ行く。戻ってきたら、正式な手順を踏んできみに求婚するよ」

商談を終えた尾之江は黒光りのする舶来の自動車に乗りこみ、那由多は自分専用の自動車のハンドルを握って帰って行った。

スズメはそれを見送りはしなかった。

わざと無礼を働いたのではなく、厨房《ちゅうぼう》で忙しくしていて見送りに出る暇がなかった——というのは建前で、正直に言えば、那由多の顔を見るのが怖かったのだ。蓮実家の女主人たる彼女はいろいろとやることが多いので、忙しかったというのはまるっきり嘘でもない。

「お嬢さま、お出汁《だし》の準備が整いました」

「ありがとう。こっちも、もうすぐ打ち終わるわよ」

「まあまあ、お早いこと。それではお薬味も切っておきましょうか」

普段着の小袖に着替え髪をまとめ、きりりとたすき掛けまでしたスズメは、夕餉《ゆうげ》のためのうどん打ちに集中している。両手どころか鼻先まで粉だらけにして、なんとも勇ましい格好だ。

蓮実家のがらんとした厨房にいるのは、ほかに身寄りのない、年取った女性がひとりだけ。

ほかの賄《まかな》い方たちは、克哉がずいぶん前に暇を出した。

今現在蓮実家に残っているのは家令と乳母夫婦に運転手、それから厨房の老女と同じく身寄りのない門番や小間使いなど、ごく少数の人間たちだけである。

炊事のほか、洗濯も掃除も、立ち去る使用人たちから教えてもらってひとつひとつ覚えた。

今ではすっかり手慣れて、スズメのお手製うどんは、食通の克哉も唸《うな》るほどの出来栄えである。

老女が、嬉しそうに目を細める。

「ほんに、お嬢さまは腕を上げられましたこと。わたくしなどもうろくに手足に力が入りませんので、おうどんを打つのは難しいんでございますよ」

日向子がうどんが好きで、病気で食が細くなってもうどんだけはよく食べてくれた。

そのためにスズメが自分で打つようになったのだけれど、今日はむかむかする気分をそのままに生地に叩《たた》きつける。

先ほどの那由多との会話、その前の緋生《ひお》との出会い、そのもっと前の追っ手たち。

「まったく、揃いも揃って、私の意志なんてお構いなしなんだから！　えいっ、成敗！」

渾身の力で麺棒を振り下ろす。

こうしてスズメに全力を注ぎ込まれ、とてもコシの強いうどんが完成した。


「今日のうどんはまた、喉越しも良くておいしい。スズメはどんどん腕を上げるね。たいしたものだ」

夕餉の席で克哉が、嬉しそうに相好を崩す。

洋館の瀟洒《しょうしゃ》なダイニングテーブルで親子が向かい合っていても、うどんや漬物や、あり合わせのささやかな惣菜ばかりが並ぶ、極めて庶民的な食卓である。

今日は食後に尾之江からのお土産が控えているぶんだけ、豪勢だけれど。

「ええ、なんかこう、ひたすら打ちまくってこねまくったら、なんだかすごくいい出来になっちゃったの」

厨房の騒ぎを聞いていた家令が、忍び笑いして肩を揺らした。

それでも顔を背けて笑っている様子を見せないのは、家令としての矜持《きょうじ》があるのだろう。勤勉な家令は、今は銀製の盆を手に、給仕役に徹している。

「ねえ、お父さま。おうどんは皆のぶんあるけど、うばやのは、もっとやわらかくなるまで煮込んだほうがいいのかしら？」

「ああ、そうだね。私はこれくらいのほうが好みだが、病人にはやわらかいほうがいいだろう。そのほうが、消化にいいと聞くから」

「そうよね。うん、そうするわ」

もちもちのうどんには、薬味が欠かせない。青物として、庭の片隅の野菜畑で育てた葉ものを添えている。薬味の葱《ねぎ》と生姜《しょうが》も門番の老人が丹精したものだ。

手入れや収穫は、もちろんスズメも手伝う。

お腹を満足させたあと、口もとをナプキンで拭《ぬぐ》いながら、克哉が穏やかに切り出す。

「尾之江から正式に縁談の申し込みがあったよ、スズメ。子息の那由多くんからも同様に」

え、と、まだ食べ終わっていなかったスズメは箸を止めた。

家令のほか、空いた器を下げに来ていた小間使いたちも耳をそばだてる。

「縁談……………」

「あちらは、もう仲人も決めているようだ。どうだろう。ひとつ、真剣に考えてみる気はないかね？　那由多くんはまあ……伊達男すぎるきらいはあるが、なかなか気のいい青年だ。スズメの夫として、不足はないと思うが」

「お父さま、私はまだ学生の身よ」

「だが、もう十七歳だ。良家の子女たるもの、十五歳くらいで親の決めた縁談が調《ととの》い、花嫁修業に入るのが普通の流れなんだから、少し遅くないか」

スズメはぷるぷると首を振る。

確かに当世、女学生は途中で退学して嫁いでしまうことが圧倒的に多い。卒業するまで残っている生徒のほうが珍しいくらいだったけれど、スズメはそうは思わない。

「遅くない、遅くない」

克哉とのこういったやり取りは、初めてではない。

「お前ときたら、持ちこまれる縁談を片っ端から断ってしまって……嫁がずに尼寺にでも行く気なのかい？」

「そうじゃないけど……」

十四歳あたりからぽつぽつと持ち上がり始めた縁談をはねつけ続けてきたけれど、そろそろ年齢的に逃げ切れなくなってきている。苦肉の策で、スズメは女学校の級友の名前を持ち出した。

「ふふ子さんも、私よりひとつ年上で、まだ女学生よ」

愛娘が女学校で一番仲良くしている親友の話なら、克哉も何度も聞いているので覚えている。ちょっとした病気に罹《かか》り、療養のために一ヶ月ほど休学したときは、スズメがずっと心配していたものだ。

「瀬川《せがわ》子爵家の楓子《ふうこ》嬢か。その後、お変わりはないかい？」

「ええ、復学してからはもう、ずっとお元気。病気もすっかり治って良かったわ」

スズメと楓子は級《クラス》でも年上で、級友たちからなにかと頼りにされることが多い。

「級の皆が羨《うらや》ましがるの。皆さん、おうちの方が勝手に縁談だけでなく、退学の日取りまで決めてしまうって。自分たちの意志を尊重してくださるおうちって、案外少ないみたい」

「私もそうするつもりでいたんだが、当時は日向子のことで落ち着かなかったからな」

ちょうど適齢期を迎えたばかりの頃のスズメは母親の療養に付き添って、温泉地に長逗留《ながとうりゅう》したりしていた。

そのときも尾之江から縁談の申し込みがあったのだが、克哉がさすがに今はそういったことは考えられないと断ったのである。

スズメも日向子の葬儀を終えたあとで復学したが、ばたばたしているうちに家まで傾き始めてしまって、とても縁談などに耳を貸す余裕はなかった。

「お前に婿を取って家を継いでもらうことも考えてはいたのだが、那由多くんはひとり息子だし。我が家もまあそれほど大層な家系でもないから、それはそれでいいと思っているのだがね」

「私、那由多さんと結婚するのはいやなの。卒業したら就職するとか、お父さまのお仕事のお手伝いをするというのは、どうかしら」

「それはまた、進歩的な意見だね。職業婦人も昨今、珍しくはなくなったようだが」

それがいいことかどうかはわからないなあ、と克哉がのんびり答える。

この父親はおっとりとしていて、なにごともあまり急がない。

「お父さま、お願い。縁談は、もう少しの間だけ待って。私、まだ誰とも結婚したくないの」

「お嬢さま、あまりわがままを仰ってはいけません。ご身分の高い令嬢というものは、お父上さまのお決めになったことには黙ってお従いになるものでございますよ」

家令が控えめに、けれどぴしりとした口調で割って入った。

「ご自身の縁談に口を挟まれるのは、はしたないことでございます」

乳母と一緒に長年スズメのことを育んでくれた人だから、家令もスズメにとっては家族も同然。

その家令にたしなめられて、スズメはたちまちのうちにしゅんとしてしまった。

「私の縁談に私が意見を述べられないって、そんなの、なんだかおかしいわ……」


食事を終えて、克哉は書斎に移った。

食後のひととき、読書をしながら少しの酒と葉巻を楽しむのが、克哉の優雅な習慣である。

家令が、ゆっくりとくつろぐ克哉のためにオイルライターの火を差し出しながら口を開く。

「――旦那さま。スズメさまの件、いかがなさるおつもりでいらっしゃいますか」

「そうだなあ……」

葉巻を燻《くゆ》らせ、克哉は苦笑するしかない。

「おおらかに育てすぎてしまったからか、あの子はまだ子供だね。日向子は十七歳のときにはもう、私のところに嫁いでいたんだが」

家令は珍しく、克哉に対して饒舌《じょうぜつ》に本音を打ち明けた。

「私といたしましては、お嬢さまに早くご結婚なさっていただきたいようななさってほしくないような、複雑な気分でございます」

身贔屓《みびいき》ではなく、スズメは愛くるしくて心優しい乙女だ。

いささか元気すぎるところはあるが、周囲をぱっと明るくしてしまうような無邪気な天真爛漫《てんしんらんまん》さは、誰しも愛さずにはいられない。

嫁いでしまえば、夫から熱烈に愛されて幸せになることだろう。華族令嬢として、花嫁修業もきちんと修めている。

どこに出しても恥ずかしくないはずです、と家令は息巻く。

蓮実家の大切な宝物が巣立って行ってしまうのは寂しいが、

「仮にもお嬢さまのことを、口さがない者たちに、『行かず後家』などと呼ばせるのは心外でございます」

持参金も出せない貧乏華族の娘だから、十七歳にもなって親の家に留まっているのだ、と裏で陰口を叩かれていることを知っているだけに、家令としては憤懣《ふんまん》やるかたない。

お気に入りの葉巻を指先に挟み、克哉も眉間に皺《しわ》を寄せて考えこまずにはいられなかった。

「あの子には、ずいぶんと苦労をさせているからね。良い縁を結ばせてやりたいんだが」

スズメがいるから、人の少ないこの屋敷も華やいでいるのだ。

嫁がせてしまったらどんなに寂しくなるだろうと思うが、愛娘の将来を思えば、いつまでも手もとに置いておくわけにはいかない。

「尾之江さまはゆくゆくは、政治家として帝国議会に出入りするのがお望みとお見受けいたしました」

それは克哉も気がついている。

「そうだろうね。あれは野心家だ。蓮実家の家名をほしがっている」

帝国議会上院――貴族院には皇族や爵位を持つ華族しかなれない決まりだが、那由多が蓮実家に婿入りして家を継げば、その子孫は貴族院に入ることも可能になる。

尾之江がしきりとスズメとの縁談をほのめかせるのは、そのためなのだろうということくらいは、克哉も察していた。

「双方ともに悪い話ではないのだが、肝心のスズメが那由多くんのことを気に入っていないようだから、押しつけるのも気が引けてね」

家令も同意する。

スズメに幸せな縁談を用意してやりたい気持ちは、家令も同じだった。

「さようでございますね」

＊

克哉と家令がため息をついている頃、スズメは三階にある自分の部屋で机の前に座り、炭火を入れた火熨斗《ひのし》を手にしていた。

帰ってきてすぐにリボンを手洗いしたのが、もう乾いたのだ。

入浴も済ませ寝間着に着替えて、スズメはリボンのほつれを丁寧に繕った。

火熨斗は熱いので取り扱いに注意しなくてはならないが、そこは慣れたもの。慎重な手つきで、乾かした際にできたリボンの皺を丁寧に伸ばしていく。

焼け焦がしてしまわないように加減を見ながら、そっと、そっと。

リボンを見るたびにスズメは、嬉しそうに刺繍《ししゅう》をしていた母の姿を思い出す。

スズメが女学校に入学した頃は、日向子もまだ元気だったし、スズメはどんなすてきな旦那さまと結ばれるのかしらねと、楽しみにしてくれていたことも覚えている。

「女性は二十歳にもならないうちに結婚しなくてはいけないなんて、早すぎるわ。平均寿命とやらが伸びているんだから、そんなに急いで結婚しなくても、まだまだ先は長そうなのに。ほかの方は誰も、そう思わないのかしら」

スズメの部屋は、蓮実邸の中でもひときわ可愛らしい。薄桃色《うすももいろ》の小花模様の壁紙に、金色の縁取りのある出窓。白い家具類はどれも小さくて、お人形遊びのおもちゃをもうちょっとだけ大きくしたようで、すべてスズメが小さな頃から使っているものだ。

この屋敷を出て、他人の家に嫁ぐということが、スズメには想像もつかない。

他家の人間となり、旦那さまやその両親に仕える生活は——一体、どんなものになるのだろう。

今までのように好きに振る舞えなくなるのは仕方ないとしても、少しは自由はあるのだろうか。

「気難しい方ばかりのご家族だったら、お行儀もうるさく言われてしまうんでしょうね。お父さまに恥をかかせるような真似《まね》はできないし、きっと、二輪車にも乗れなくなってしまうんだわ。そんなの、いや」

自由でいたい。

妻だとか夫だとかのしきたりに縛られず、対等に向き合える相手と巡りあいたい。

物語のように情熱的な、激しい恋がしてみたい。

「——夢だわ、そんなの。私も現実を見なくちゃ」

火熨斗をかけ終わったリボンをきちんと畳み、学生鞄から一冊の少女雑誌を取り出す。発売されたばかりの雑誌を級友の楓子が買い、今日、スズメに貸してくれたのだ。

『令女倶楽部《れいじょくらぶ》』は女学生たちに大人気の雑誌で、特に今連載中の少女小説『春風令女《しゅんぷう》』がおもしろいと評判だった。

お転婆《てんば》でハイカラなヒロインは、どんな大変な状況になっても決して諦めない。前向きに立ち向かい、自分が選んだ自分だけの人生をひたすらに進んでいく。

『春風令女』のヒロインは、恋する相手も自分で選ぶ。

女学生たちの間で人気があるのは、このヒロインが、自分たちにはできないことを小気味良くやってのけるせいだ。丈の短いワンピースに身を包み、短髪を鏝《こて》で巻いて、町中をヒール靴で颯爽《さっそう》と闊歩《かっぽ》する——最先端の職業婦人となる道を選んだヒロインは、なんて格好いいんだろう。

「憧れるけど、私が髪を切ったりしたら、じいやもうばやもきっと卒倒してしまうわね」

「お嬢さま。よろしゅうございますか？」

ドアを遠慮がちにノックして、ランプを手にした寝間着姿の乳母が顔を覗《のぞ》かせる。

この屋敷では夜の間も、克哉が休むまでは屋敷内の火を落とさない。けれど廊下や階段はほのかな室内灯だけでは薄暗いので、こうして手明かりを持っていたほうが安心だった。

もともとこの夫婦は蓮実家の敷地内、使用人たちのためのこぢんまりとした別棟に住んでいたのだけれど、乳母が病気になってからは一階の空き部屋に移ってきている。

そのほうが常に誰かの目が行き届いて安心できるからと、スズメが克哉にお願いしたのだ。

克哉ももちろん、愛娘の願いをすぐさま聞き入れた。

克哉と日向子の夫婦は昔から、使用人たちを分け隔てなく遇していたから、病気になれば手厚く面倒を見るのが当然だった。

「うばや、こんな時間にどうしたの。具合が良くないのだから、暖かくして休んでいなくてはだめよ」

スズメが慌てて乳母の背に手をあてがい、赤い天鵞絨《ビロード》を張ったソファに連れて行く。

「ここに座って。咳は？　今は治まっていて？」

乳母が、スズメになされるがままにソファに座る。痩《や》せてすっかり体つきが小さくなってしまったので、一人がけ用のソファがやけに大きく見えた。

昔はまるまると肉付きが良くて、鞠《まり》のようだったのに。

「お薬が効いて、だいぶ楽なんでございますよ。よく煮込んでやわらかい、おいしいおうどんでしたので、お礼を申し上げに参りましたの」

丸い輪郭の顔に、微笑《ほほえ》むとなくなってしまいそうなくらい細い、優しい目。

生まれついての福相に、にこにこと笑みを浮かべた乳母が、机の上で冷ましている火熨斗に気づいて顔を曇らせた。

「まあ……お嬢さまが、こんなことをなさらなくても。うばやが、昼のうちにしておきますのに」

スズメはソファの後ろに立ったまま、乳母の肩口に顔を埋めるようにしてあまえる。

「ねえ、うばや。尾之江のおじさまがね……お父さまに、縁談を申し込んだんですって」

「那由多さまでございますか？」

「そう」

スズメが盛大に顔をしかめて鼻先に皺を寄せると、乳母も、まあ、と、まったく同じ表情をした。

「日向子奥さまのご血縁で大層な資産家でいらっしゃいますし、近頃はお父上さまのお仕事の補佐も、ご立派になさっていると伺いますけど」

万事控えめでおとなしい性質だけれども、この乳母の耳にも、世間の噂《うわさ》は届いている。

「なにしろ那由多さまはお派手なことがお好きで、かなりの遊び人でいらっしゃいますから。そんな御方に嫁いで、ご苦労なさるのもねえ……お嬢さまの花嫁姿はぜひとも拝見したいですけど、でも、ねえ」

不意に袂《たもと》で口もとを押さえた乳母が、咳きこみ始めた。

胸の病で、一度咳が出るとなかなか止まらない。

「ああ、ほら、無理をして起き出すから……休んでちょうだい。夜の空気は身体に障るわ。お部屋まで連れて行ってあげる」

スズメが自分のショールで乳母の身体を包み、机の上に置いていたランプも片手で持つ。

「お嬢さまにこんなことをさせてしまって、申し訳ございません」

スズメに肩を支えられるようにして歩く乳母の身体は、驚くほど軽い。

彼女をゆっくり療養させてあげたいし、年取った門番も関節痛が出て庭仕事がつらいと零《こぼ》しているようだから、手伝いをしてくれる新しい人を雇い入れたい。

そのためにはお金が要《い》るし、蓮実の家にはそんな余裕は一切ない。

——結婚、したほうがいいのかなあ……。

那由多の申し出を受ければ、蓮実家の内情が楽になることは明らかだ。

父のために、使用人たちのために、受け入れたほうがいいのだろうかとちょっと弱気になってくる。

乳母を寝かせて自室に戻る途中、暗い廊下をランプを頼りに歩きながら、スズメはぶつぶつと独りごちた。

「那由多さんは、私がお願いすれば、うばやを療養にだって行かせてくれるわ。それにお父さまが決定なさったら、私は従うしかない、けど」

良家の子女というものはそういうものだと、重々わかっていても。

自室に戻ったスズメは頰を両手で押さえ、がっくりと項垂《うなだ》れた。

「——那由多さん相手だと、結婚する前から浮気を心配しなくちゃいけないわ。本当の結婚って、こんなに夢のないものなの……？」

【3】


「ふふ子さん、ご結婚なさるの⁉」

お昼休みのひととき。

お天気のいいときには庭先のベンチに座り、仲良しの楓子《ふうこ》と一緒にお弁当を食べるのが、ふたりだけの約束だった。

借りていた『令女倶楽部《れいじょくらぶ》』を返したスズメが、目を丸くする。

とっておきのニュースを知らせた瀬川《せがわ》楓子は、茶目っ気たっぷりの笑顔で頷《うなず》いた。ふたりの膝の上には、空になったお弁当箱が置かれている。

「説得するのにずいぶん時間がかかりましたけれど、これでわたくし、ようやく『三上《みかみ》楓子』になれますわ」

綺麗《きれい》なお下げ髪を揺らした楓子は、嬉《うれ》しそうに目尻を赤く染めていた。

楓子は少し前に、療養先で偶然出会った『三上新聞社』の若社長と恋に落ちた。

三上は教養があって資産家とはいえど平民出身、新華族ですらない。

そのため、格式ある相手との縁談を望んでいた両親がいい顔をせず、それを楓子は粘り腰で粘って粘って、ようやくのことで婚約に漕《こ》ぎつけたのである。

その困難を逐一聞いていたスズメは嬉しくてたまらず、楓子の首にかじりついた。

「初恋の君と結ばれるのね！　おめでとう！　本当に、おめでとう！　やったわね！」

「ありがとう、スズメさん。いっときは、本気で駆け落ちするしかないかと覚悟したものですわ」

楓子がスズメの背中を抱き返し、やわらかく微笑《ほほえ》む。

「このままでは本当に駆け落ちしかねないからと、両親がとうとう折れてくれましたのよ。まあ、勘当同然に家を出ますけれどね」

「うーん。やるわね、ふふ子さん」

「うふふ」

うふふと笑うのが癖の楓子は、少し名残惜しそうに木製の学び舎を見回した。

「この学校とも、もうお別れですわね。お式の準備のために、これから忙しくなりますもの。実家にいるときとは違う暮らしが待っていますわ」

「お幸せになってね。そうだわ、日を改めてお祝いをさせてちょうだい。級《クラス》の皆にも声をかけてみる。皆でお幸せを祈りたいもの」

「嬉しいわ。お式には招待させていただきますから、ぜひいらしてね」

「ええ、必ず！」

楓子はスズメを見てもう一度、うふふと笑った。

ここのところ、あの借金取りの男たちはスズメの前に現れない。

——あの方……都築《つづき》さまが脅《おど》しをかけてくださったのが効いているのかしら。

父親である克哉《かつなり》の会社へ訪れる取り立て役は、先日のような小者ではなくもっときっちりした身分ある男たちなのだそうだ。克哉も、有能な弁護士を同伴させて対応をしていると聞く。

きっと、返済期限は延長することになったのだろう、とスズメは彼女なりに解釈していた。

借金を返していないのに取り立てが来なくなったということは、そういうことだと考えるのが自然だ。克哉を相手にすると、どんな海千山千の猛者《もさ》でも毒気を抜かれてしまい、強硬な態度を取れなくなる——とは、家令から聞いたことがある。

「確かに、お父さまがゆったり微笑むと、なんだか逆らえなくなっちゃうのよね。わかるわ」

そのため行き帰りが供を連れずに徒歩でも、気は楽だった。

二輪車はまだ修理から戻ってこないが、女学校まではゆっくり歩いても三十分もかからない。

黒髪をなびかせて、のんびりとした足取りで屋敷へ向かう。

町中で行き会った人は大抵、スズメを見かけると丁寧に挨拶《あいさつ》をしてくれる。この界隈《かいわい》で、スズメは明るくて元気な伯爵令嬢として有名だった。

「ふふ子さんのお祝い、どうしようかしら」

話し合いの末、楓子の結婚祝いには級の皆でささやかなお茶会を開き、贈り物を贈ることに決まった。親友の幸せを願ってどんな品を贈ろうかと頭を悩ませるのは、楽しいものだ。

「ただいま戻りました」

今日は家令の出迎えがなかったので自分で扉を開けて中へ入ると、玄関ホールの螺旋《らせん》階段の階下に、使用人たちが集まって騒いでいた。乳母も今日は体調がいいらしく、普段着に使い古しのエプロンを締めた姿でその中に交じっている。

「お嬢さま、お帰りなさいませ。お出迎えが遅れまして申し訳ございません」

家令が、スズメが帰っていることに気づいてはっと姿勢を正す。

「ただいま戻りました——どうかしたの？　何かあったの？」

使用人たちが、いっせいにスズメを取り囲んだ。誰も皆興奮しているようで、口々に話しだす。

「ご婚約がお決まりになったんですよ。おめでとうございます、お嬢さま！」

「ほんに、めでたいことでございます」

「えっ」

スズメが固まる。

楓子の縁談で味わっていたわくわくする気分が、一瞬にして吹き飛んでしまった。

「お父さま、決めちゃったの？」

「ええ、ええ。先ほど正式にお申し込みがあって。まだ応接室にいらっしゃいますよ。お嬢さまも早く、婚約者さまにご挨拶を」

乳母が嬉しそうに両手を広げて、スズメの身体を包みこむ。

「その前にお部屋にお戻りになって、お着替えをいたしませんとねえ。日向子《ひなこ》奥さまの少女の頃のお振り袖を出して、髪も結い上げましょうね。うばやはこの日を、ずっと待ち望んでいたのでございますよ」

やわらかい手に押し上げられるようにして、螺旋階段を上がる。スズメを取り囲む使用人たちも喜んでいるけれど、当人はちっとも嬉しくなかった。

——昨日、もうちょっと待ってってお願いしたばかりなのに。

どうしよう。

まだ、心の準備ができていない。

——今は、那由多《なゆた》さんに会いたくない。だって私、まだ納得していないんだもの。

それに那由多は、じきに巴里《パリ》に渡ると言っていたはずではなかったか。その前に婚約だけ整えておこうというのなら、あまりにスズメの気持ちを無視しすぎていると思う。

ところが自室に戻る前、二階まで階段を上がる途中で、応接間の扉が開いた。

中から出てくる人の顔を見たくなくて、思わずスズメは両手で目を覆《おお》う。

「いや、来ないで！」

「ひどいなあ。僕は、そんなに嫌われているんですか？」

聞き覚えのある声に、スズメはぴくっと肩を揺らした。

若々しい、それでいて深みのある声。

でも、那由多の声とは違う。

——この声……どこかで聞いたわ。

恐る恐る顔を上げる前に、きちんと真っ白な手袋を嵌《は》めた手がスズメの前に差し出される。

未婚の女性に対して許しなしに触れたりはしない紳士的な態度、そしてこの物言い。

スズメがゆっくり視線を上げると、軍服ではなく西洋衣服で盛装した緋生《ひお》が、楽しそうな表情を浮かべてスズメの顔を覗《のぞ》きこんでいた。

「ご機嫌よう、スズメさん。今日は、綺麗にリボンも結んでありますね」

「——え……!?」

スズメは咄嗟《とっさ》に反応できず、茫然《ぼうぜん》と立ち尽くしてしまう。

緋生に続いて応接室から出てきた克哉が、ぽん、と緋生の肩を叩《たた》いた。

「お前の婚約者の、都築緋生くんだ。スズメ、そんなところに突っ立っていないで、こちらへおいで」

「緋生くんは私の学生時代の後輩のご子息だ。その縁を伝って、ご本人から正式な申し込みがあってね。願ってもない話だから、お受けすることにしたんだよ。幸い今日は大安吉日で、縁起も良い。善は急げ、だ」

にっこり、おっとり。

満面の笑みを浮かべて克哉がそう説明するのを、スズメは応接室のソファで、頭をくらくらさせながら聞いていた。

スズメが学校に行っている間に緋生が蓮実《はすみ》邸を訪問し、スズメとの縁談を申し込んで、承諾まで得てしまっている。克哉は、もう緋生と打ち解けている感すらあった。

いくらなんでも、急展開過ぎやしないだろうか。

スズメは着替えるどころか、部屋に鞄《かばん》を置きに行く暇すらない。びっくりしすぎて何を聞いても話が半分以上耳を素通りしていく気がするが、それでも、最低限の趣旨だけはかろうじて理解した。

——つまりお父さまってば、今日会ったばかりのこの方を私と結婚させるって即断したのね。

克哉は緋生とは初対面だと言うし、ちょっと早すぎはしないだろうか。那由多との縁談を嫌がるスズメに、克哉は今度こそは口を挟ませまいとしたのかもしれない。

「ご快諾いただけて光栄です。僕としましては、お許しいただけるまで何度でもお伺いするつもりでいたのですが」

スズメの隣に腰を下ろした緋生は緊張のかけらもなく、ゆったりと構えていた。

日頃から鍛錬しているせいか、ぴんと伸ばした背中が美しく、所作も優雅だった。軍服ではなく特別誂《あつら》えの西洋衣服をさらりと着こなした姿は、どこからどう見ても良家の御曹司だ。

華族どころか、皇族の血を引く姫君を妻に迎えたっておかしくなさそうに見える。

「先ほど申し上げたとおり、僕は親戚付き合いをあまり好みません。係累も少ないので、スズメ嬢も煩《わずら》わしい思いをなさらずに済むと思います。両親も亡くなっておりますし」

「きみのお父上、都築静生《しずお》くんのことは覚えているよ。学年も科も違ったから接点はなかったが、きみと同じように成績優秀、目にも涼しい色男で、将来を有望視されていた男だった」

克哉は華族の子息のための最高学府の出身だが、平民出身でも優れた生徒は試験を受けて、特別に入学することが許されていた。

「その試験を、記録的な成績で突破してきたのが静生くんでね」

克哉が、懐かしそうに目を細める。

「都築家は代々有能な軍人を排する家柄で、彼も遠からず、陸軍の司令官になるだろう、末は陸軍大臣かとまで言われていた。ご家族揃《そろ》って不運な事故に遭ったと聞いて不憫《ふびん》に思っていたが、きみが立派に跡を継いでいるのだから、静生くんもきっと喜んでいることだろうね」

「もったいないお言葉、恐れ入ります。父に代わりまして御礼申し上げます」

緋生は軽く目を伏せた。

「媒酌人《ばいしゃくにん》は軍の上司ご夫婦にお願いする向きで、と考えておりますが、よろしいでしょうか」

てきぱきと話を進めていく緋生を、克哉は満足そうに眺《なが》める。

「祝言は、都築家の邸宅でとお考えかな？」

「はい。古い屋敷ではございますが、広さだけは取り柄《え》ですので」

「きみに言うのもなんだが、娘にはほかにも嫁入りの話があった。だが、どうもその相手には気が進まないみたいでね。あちらもあちらで、感心しない噂《うわさ》もあるようだし……」

そこで克哉が、スズメのほうへも顔を向けた。

「娘をよろしく頼む。妻が亡くなってからというもの、不甲斐《ふがい》ない私に代わってこの屋敷を支えてきてくれた子だ。幸せにしてやってほしい」

スズメはまだ頭がぐるぐるしていて、先ほどから一言も口を挟んでいない。

「スズメ。緋生くんは結納代わりに、我が家の借金を肩代わりしてくれると言っている。唐突に決まったことだから戸惑うかもしれないが、改めて緋生くんにご挨拶をなさい」

緋生も、スズメの顔を覗きこんで苦笑いする。

「スズメさん。大丈夫ですか？　目を回してしまいましたか」

克哉と緋生の顔を交互に見つめてから、スズメは両目に大粒の涙を溢《あふ》れさせた。

男性ふたりは、それを見てぎょっとする。

「なんだかいろいろ、急すぎるわ……！　せめてもうちょっとくらい、心の準備をする時間をくれたっていいじゃない……！」

盛大に文句を言いたいのに、生憎《あいにく》とその気持ちをうまく言葉にすることができず、それしか言うことができない。代わりに、わんわんと声を上げて泣きじゃくる。

「泣かないでください。僕はあなたを幸せにしたいだけで、泣かせたいわけではないんですよ」

緋生が、おろおろしながらスズメを宥《なだ》める。

克哉はそんなふたりの様子を、思いの深い眼差《まなざ》しで見守っていた。


あとはふたりで話をしなさい、と言い置いて、克哉は会社に向かってしまった。

ひっく、ひっくと、スズメはまだ涙が止まらない。両手で顔を隠して、しゃくり上げ続けている。

緋生は困惑した様子でソファの前のペルシャ絨毯《じゅうたん》に片膝をつき、スズメの様子を見守っていた。

「弱ったな。弟だと、泣いているときは肩車をしてやると喜ぶのですが……します？　肩車」

いくらお転婆《てんば》を自負していると言っても、十七歳の乙女として、男性に肩車をされるわけにはいかない。

「いいえ」

スズメは慌ててふるふるっと首を振り、右手の甲で涙を散らそうとした。

「ああだめですよ、擦《こす》らないで。赤くなってしまいますよ」

緋生が、胸ポケットから上等の絹のハンカチーフを取り出す。

「ちょっと失礼。じっとしていてください」

おろしたての真っ白なハンカチーフで、緋生は躊躇《ためら》いもせずにスズメの頬を濡《ぬ》らす涙を拭《ぬぐ》ってい
く。
大切なものをいとおしむような手つきは、スズメがリボンの手入れをするときとよく似ていた。
「――弟さんがいらっしゃるの？」
子供のように泣いてしまったことが恥ずかしくて、うつむいたままでそう尋ねる。
スズメが泣きやんだことに安堵《あんど》したのか、緋生はほっとしたように頷いた。
「ええ。今は五歳です。母親が違うものですから年が離れていまして、僕はまるで父親みたいなも
のですね」
だから肩車なんていう言葉がするりと出てきたのかと、腑《ふ》に落ちた。
この青年が日頃から弟の相手をしている様子が、なんだか想像できる。
「弟は事情があって、普段は屋敷に引きこもっています。あなたが我が家にいらっしゃったのちは、
暇なときでいいので相手をしてやってください。おとなしい子ですが人懐こいので、きっといい遊
び相手になりますよ」
ちなみに、と緋生が一拍置いた。
「弟は、歌留多《かるた》がものすごく強いです。僕は正月に相手をするとき、毎回本気です」
緋生がスズメの気持ちを解きほぐそうと、わざとおどけているのがわかったから、スズメも表情
をちょっとだけ綻《ほころ》ばせる。

「歌留多なら、私も得意です。負けません」

「それならちょうどいい。今度、三人でやりましょう」

優しい人なのだろうと思う。弟の面倒をなんだかんだ見ているようだし、先日だって、縁もゆかりもないスズメのことを助けてくれた。

緋生の人柄が、少しずつわかっていく。

嫁ぐ相手によって、スズメのこれからの人生はかなりの影響を受けることになるのだから、その相手が優しい人であることは単純に嬉しかった。

「――いきなり結婚が決まって、さぞ驚いていることでしょうね」

「正直に言えば、まだ実感はありませんの」

「そうでしょうね。でも、あなたが不安になることは何もないですよ。僕は帝国軍人の名にかけてあなたを大切にしますし、女性や子供を虐《しいた》げるような悪人でもないつもりです。思ったことがすぐ口から出てしまう質《たち》なので、いささか口うるさいかもしれませんが」

「まあ！　それ、私と同じだわ……！」

スズメがぱっと微笑むと、跪《ひざまず》いたままの緋生も穏やかに微笑した。

「あなたもそうですか。では、お揃いですね」

こんなふうに優しく語りかけ、泣きやむまで穏やかに見守ってくれる人のもとに嫁ぐことになるのか。

スズメは初めて、緋生のことを未来の夫として意識した。

「すぐさま婚約を受け入れるのは、あなたとしては難しいかもしれませんが」

緋生が、真剣そのものの表情でまっすぐにスズメを見つめる。

「僕は、愛を無理強いするようなことはしません。あなたが僕に心を開いてくださるまで、根気よく待ちます」

とはいえ、スズメが輿入れする日取りはすでに決まってしまっている。緋生の仕事の都合で、忙しくなる前に祝言を挙げてしまおうと、克哉がさっさと段取りをつけてしまったのだ。

婚礼衣装は日向子が嫁いできたときの白無垢《しろむく》と色打ち掛けが大事に取ってあるし、嫁入り道具も以前から少しずつ揃えていたらしい。

つまりスズメが嫁ぐのに、何の支障もないのである。

――その間に私は女学校を退学して、身の回りの整理をして、住まいを移る準備もしなくちゃいけないんだわ。

いよいよ、この家を巣立つのだ。

そう思った途端、不思議な感覚が全身を駆け抜けていく。

胸がきゅっと締めつけられるようであり、背中がむずむずするような気分でもあり。

――いつかは結婚するのだと思っていたけれど……いざとなると、何をどうしたらいいのか、皆目わからない。

しばらくの間は落ち着かないだろう。

わからないこと、困ることがいっぱい出てきたらどうしよう。

嫁いだからにはスズメはもう緋生の奥方で、蓮実家の娘ではなくなる。

克哉やこの屋敷の使用人たちに守られてきた日々は、終わってしまうのだ。

瞳にいっぱいの不安を滲《にじ》ませて、スズメは緋生を見つめた。

「スズメさん？　どうしました？」

「私、どうしましょう……結婚しても、おとなしい奥さまになれないかもしれません。たぶん、素質が全然ありませんもの」

そんなことですか、と緋生が相好を崩した。

「お転婆で気立てのいい、今のあなたのままでいてくだされば充分ですよ」

いつのまにか手袋を外していた緋生が、指の背で、スズメの白桃のような頬をそっと辿《たど》った。

「できるだけ早く、心の準備をしてください――そうでないと僕のほうが、罪悪感で押し潰されそうですから」

＊

スズメはこの数日の間に、だいぶ緋生のことがわかってきた。

都築緋生――軍人の多い都築家本家の直系長子にして、現在の家族は異母弟がひとりあるのみ。

陸軍は近衛《このえ》連隊に所属していて、近衛連隊は皇族警備の役目という極めて重大な使命を担っているとともに、式典の際には儀仗《ぎじょう》部隊の花形も務めなくてはならない。

華々しい祝賀行事などの際には一般市民からも注目されるこの部隊には、成績優秀にして出自が明らか、かつ容姿端麗な者しか配属されない仕組みになっているのだという。

中尉という身分も、二十四歳という年齢にしては出世が早い。

上層部からは将来的に陸軍の一角を担う人物として前途を期待され、エリートコースを驀進《ばくしん》しているかのように見えて、この青年は、実は司令部にとっては頭痛の種でもあった。

なにしろ基本的に飄々《ひょうひょう》とした自由人で出世欲がなく、いつでも退役してゆっくり余生を過ごしたいと公言して憚《はばか》らない。

そんなことを口にしても見逃されてしまうのが、都築家の血筋というものだった。

都築家の系統は陸軍の中では知らない者のない勇猛果敢な家柄で、明治に伝説的な功績を挙げている。

その都築家の当代当主なのに枠組みに嵌まらない伸び伸びとした性格は、謹厳実直が求められる軍人としてはかなりの変わり種である。

いい意味でも悪い意味でも、緋生は陸軍内部において有名人だった。

――いつもにこにこしていて礼儀正しく振る舞うけど、でも。

目の奥が笑っていることは少ないことに、スズメは早くも勘づき始めている。

開けっぴろげで隠しごとのできないスズメと違い、この青年は嘘《うそ》をつくこともうまそうだった。

――用心しなくちゃいけないわ。こういう人って、腹黒な方が多いって聞くもの。

そう思うのだけれど――反面緋生は、スズメに対してとてもあまいのだ。

『春風《しゅんぷう》令女』に出てくる貴公子のように優雅であまやかな振る舞いをすることが多く、第一に、口がうまい。

背丈は百八十センチ以上もあり、スズメと話をするときは大概屈《かが》んで目の高さを合わせてくれる。

清潔に手入れされた軍服がよく似合うが、求婚に訪れたときの西洋衣服も素晴らしくよく似合っていた。

そして、気軽な和服が似合うことも今日、初めて知った。

スズメは今、大島紬《おおしまつむぎ》の気軽な単衣《ひとえ》を纏《まと》った緋生と並んで、ぶらぶらと町中を歩いている。

婚約が整ってからというもの、スズメは彼に誘われ、何度かこうしてデートに連れ出された。

そういうときは、こんなふうにくつろいだ格好をすることも多い。

懐中時計を帯に挟み、黒髪もきっちりとは撫《な》でつけないでのんびり歩いている姿は、お堅い青年将校には見えない。

むしろ育ちの良い御曹司とか、将来有望な芸術家の卵に見えた。

「うーん」

「どうしました？」

「緋生さんて、知れば知るほど不思議な方だわ。迷路みたい」

「そうですか？　僕はいたって単純な男ですよ」

「絶対違うと思います」

粋《いき》な出で立ちの緋生と女袴《おんなばかま》姿のスズメが並んで歩くと、どうしても人目を惹《ひ》く。通りすがりの男性が、スズメに向かってあからさまに苦い顔をする。

その意味が、スズメにはよくわかる。年頃の男女は肩を並べて歩かないものだし、結婚すれば妻は夫の三歩後ろに控えて歩く。それくらいのことはスズメも知っているのに、緋生はまるで気にしない。

「どうしました？　先ほどから少しずつ後ろに下がっていますね。疲れましたか？」

「いいえ、そうじゃなくて。私、緋生さんの後ろを歩いたほうが良くはないかしら」

「そんなことをしたら、ろくに話もできなくて寂しいじゃないですか。隣にいてください」

緋生がそんな風に言うから、スズメとしても肩から力が抜けてしまう。実際緋生はスズメと喋《しゃべ》るのが好きなようで、さまざまな話をしてくれるのも、スズメとしては嬉しかった。

「釣《つ》りがね、好きなんです。以前は、非番になれば必ず釣りに出かけていました。最近はまとめて休みが取れないので、どうしても近場になってしまいますが」

「釣り？　どんなお魚をお釣りになるの？」

「川なら鮎《あゆ》とか岩魚《いわな》ですね。釣りたての川魚を食べたことがありますか？」

「いいえ。私、釣りは見たこともしたこともないの」

「それなら今度、お連れしましょうか。やってみると楽しいものですよ」

婚約した日からというもの、緋生は毎日のようにスズメのもとを訪れた。仕事の当直日以外は、たとえ数分しかなくても必ず訪ねてきて、他愛もない会話をして、スズメの顔を見てから帰宅する。

今日こそあなたを丸めこんでしまいましょう、と冗談めかして言うわりに、緋生は好意を強要してこない。適度な距離を保ち、心と心の距離をゆっくり詰めようとしているように見える。

その辺りが、やや強引な那由多と違っている点だった。無理強いをすれば、純真なスズメがあっという間に逃げていってしまうことを直感で悟っていたのだろう。

そのためスズメも慣れて、数日も経つと、緊張せずに緋生と向き合うことができるようになった。

そして今日も昼過ぎから、こうしてのんびりとデートをしている。

緋生に連れて行かれた先は、町中にある小さな汁粉屋《しるこや》だ。どこにでもある、少し古びた甘味処《かんみどころ》である。

もとはお汁粉しか商っていなかったが、ここしばらくは流行《はや》りのミルクホールを模して、店内でソーダ水や金平糖《こんぺいとう》なども扱うようになった。暑い時期にはかき氷も売るので、大きな削り器がそのまま隅に置かれ、冬に焼き芋を作る薪《まき》ストーブもあり、半分は畳敷きの小上がり、半分は板敷きにテーブルと、なんともごちゃごちゃした狭苦しい店である。

ただ種類はたくさんあるうえにどれも安くておいしいので、周辺の住民、特に女性や子供たちには大人気だ。

きょろきょろと辺りを見回すスズメに、緋生が尋ねる。

身体が大きいので、二人掛け用の小さなテーブルでちょっと狭そうだった。

「こういった店に入るのは、もしかして初めてですか？」

「いいえ。ふふ子さんたちと何回か来たことがあるわ。特別なときに、お祝いに集まったりするの」

「ふふ子さん？　どなたです？」

「女学校で一番仲良しのお友達。本名は楓子さんなんですけど、うふふって笑う癖があるから、ふふ子さん」

「そのあだ名をつけたのは、あなたでしょう？」

「すごい！　どうしてわかるの？」

わかりますよ、と緋生が白皙《はくせき》の頬に笑みを浮かべた。

小さな紙に書かれたお品書きを手に取り、首を捻《ひね》る。

「甘党の友人が、ここの店が評判がいいと教えてくれたのですが……僕はこういったところに来るのは初めてでしてね。何を注文したらいいものか、さっぱりわかりません。なにかお勧めはありますか？」

「甘いものがよろしい？　それとも、そんなに甘くないほうがお好みかしら」

「甘すぎるものはちょっと不得手ですかね。あいすくりんの類《たぐい》は、置いていないんでしょうか。あれは割合好きなんですが」

「あいすくりんはホテルのレストランとか、設備の整ったカフェーじゃないと無理ですわ。専用の冷凍庫とかが必要なんですもの」

「では、喉が渇いているので、冷たいものがいいですね」

「それなら、ソーダ水はいかが？　口の中がぱちぱちして、とってもおいしいの」

スズメのお勧めに従って注文を済ませて少しすると、透明なグラスに入ったソーダ水がふたつ、運ばれてきた。

「やあ、これは涼しげだ」

「そうでしょう？　特にこのしゅわしゅわした泡が立ち上るのが綺麗で、小さな真珠の粒みたいでしょ」

よく冷やしたソーダ水が、渇いた喉を心地よく潤していく。一息でグラスを空にした緋生が、軽く目を瞠《みは》った。

「これはうまいものですね。いいものを教えてもらいました」

緋生がスズメの顔を見て、にっこりと笑う。

「ソーダ水、僕も気に入りましたよ。また来ましょう。さあ、次はどこへ行きましょうか」

今日は緋生は、当直なのだそうだ。そのためデートは夕方までに切り上げなくてはならないから、遠出はしない。

どこに行こうかとあれこれ迷い、そうだわ、とスズメが両手を打ち合わせる。

「お散歩をいたしません？　この先の西洋式公園が広くて、きっとゆっくりできるわ。お花もいっぱい咲いているの。毎年この時期には、女学校の帰りに寄り道をし」

スズメはそこで、慌てて両手で口を塞《ふさ》いだ。

帰宅途中に花を見に行っていたことは、誰にも内緒なのだ。緋生が、くすくすと笑って肩を揺らす。

「その先は、聞かなかったことにしてあげますよ」

「……ご親切にどうも」

「そういえば、あの男たちは？　あれ以降現れてないでしょうね？」

「ええ。でも私、あの日から一度も寄り道はしていないわ。本当よ！」

杖《つえ》をついて散策している老人男性が、あからさまに感心しないというような、厳しい眼差《まなざ》しを向けてくる。特にスズメに向かって、はしたない、とたしなめているような横顔だ。

「……やっぱり、見られているわ」

老人の視線からスズメを庇《かば》うように立ち位置を変えながら、緋生が悠々とうそぶいた。

「いいじゃありませんか。僕らは別に、誰にも迷惑はかけていないんですから」

「そういう問題かしら。だいぶ注目されている気がするけれど」

午後三時過ぎの公園はたくさんの種類の花がそれぞれ見頃を迎えていて、目移りしてしまうほどだった。

あまりに綺麗な花ばかりなのでどれも見たくて、目がもうひとつもふたつもほしくなる。

「あなたは、どの花が一番お好きですか？　やっぱり、藤《ふじ》ですか？」

からかわれているのがわかって、スズメも明るく笑って答えた。

「藤ももちろん大好き。でも薔薇《ばら》は浪漫《ろまん》ちっくだし、躑躅《つつじ》も鮮《あざ》やかでしょう？　こっちの鈴蘭《すずらん》も芍《しゃく》薬《やく》も綺麗だし、山吹もすてき。どれかひとつなんて決められないわ」

芝生の上に置かれているベンチに、並んで腰を下ろす。

「こんな日のお散歩は、本当に贅沢《ぜいたく》ね。そうは思いません？」

「あなたは何でも楽しそうですね。見ている僕まで嬉しくなりますよ」

「だって、本当に楽しいんだもの。ずっと憧れていたの。大好きな小説の中に、デートをしている場面があって」

実際には結婚前の若い男女が並んで歩くだけで、ひどいときには塩を撒《ま》かれるような時代に、まさか本当にこんなふうにデートができるなんて夢にも思っていなかったから、スズメは嬉しくてたまらない。

「そんなに喜んでいただけると、お誘いした甲斐がありますね。結婚してからも、何度でもデートにお連れしましょう。どうですか？　僕は、そう悪い相手ではないとおわかりになったでしょう？」

うーん、とスズメは真っ正直に考えこんだ。

「悪い人じゃないっていうことは、最初から知っています。でも、緋生さんはどうして今までご結婚なさらなかったの？　どうして私なの？　それが、いくら考えてもわからないの」

膝の上に片肘をついた緋生が、おや、と軽く目を瞠った。

「そんなことを考えていらしたんですか？」

「だって、都築家っていったら大層なお家柄で、お相手はよりどりみどりなんでしょ？　うちは家名だけで中身はありきたりの貧乏華族だし、第一、本人がお申し込みに見えてその日のうちに縁談がまとまってしまうなんてお話、聞いたことがないわ」

華族の良縁というものは、世話好きの仲人が持ってくるものだ。すごいときには婚礼の当日まで、お互い婚約者の顔を知らないままという話も、決して非常識とは言い切れない。

だから緋生が自分で縁談を申し込んできたことのほうが、華族の世界でははっきり言って型破りだった。

「あなたは、リアリストでもあるんですね」

「はい。結婚は人生の一大事ですもの。女学生だって、自分の人生についてはいろいろ考えるわ」

きっぱり答えると、緋生が笑顔をすっと消して真摯《しんし》な眼差しになった。

「率直に言いますと、僕はこれまで身を固めたいとは思わなかったんです。惹かれる女性にも出会いませんでしたし、軍隊は男所帯ですからね。それに慣れてしまうと、とことん縁遠くなります」

普通ならそこで親族の女性たちが張り切って縁を取り持つわけだが、彼はそういった話もすべて遠ざけてきた。その理由を、スズメはまだ聞かされていないので知らない。

「そうなの？」

「ところがあの日、白藤の棚から女学生が降り落ちてきて、一瞬で魅入られてしまいましてね」

「え」

「あんな強烈な出会い方は、なかなかありませんよ。事実は小説よりも奇なり。これはもう、あなたを伴侶にしろという運命なのだと思い即行動に移しました。僕はこう見えて、せっかちなんです」

「結婚したら旦那さまによくお仕えして、貞淑な妻になって、おうちの中に閉じこもっていなさいって家令たちが言うの。そうしなくてはだめ？　時々は、さっき言ったみたいにお出かけをさせてくれるって本当？」

叶《かな》うことなら『春風令女』の主人公みたいに浪漫ちっくな大恋愛をしてみたかったし、結婚する相手を自分で選ぶ自由がほしかったけれど、現実は理想とは違う。

「それとも、今までの自分とお別れして、おしとやかにならなくちゃいけない……？」

ずっと胸に燻《くすぶ》っていた想いを口にすると、ようやく合点《がてん》がいった、というように緋生が頷いた。

「あなたはずっと、それを怖がっていたんですか」

「怖がってなんかいません」

「指先が震えていますよ……嘘をつくのが下手《へた》ですね」

緋生はそう言って、スズメの手を取った。

人前だというのに、手の甲に、唇を軽く押しつける。その所作が優しくて、ちっとも気障《きざ》だとは思わなかった。那由多と同じような振る舞いだというのに、不思議なものだ。

「お転婆で初心《うぶ》なお嬢さん。僕は、釣った相手にずっと餌《えさ》をやり続ける人間です」

「私、お魚じゃないわ」

頬をぷっと膨らませたスズメに、緋生は微笑まずにはいられない、というような眼差しを注いでいた。

「結婚してからでも恋はできますし、あなたはそのまま、ずっと自由ですよ。全身全霊をかけて大切にすると誓います。改めて申し込みます。僕の伴侶になってくださいませんか」

婚約は克哉と緋生の間で取り決めただけで、こんなふうに彼から直接プロポーズをされたのは初めてだった。聞いているだけでどきどきして、耳が端まで赤くなってしまう。

とことん貴公子で、でも思っていたよりずっと気さくでおもしろくて。

緋生と一緒にいると、とても楽しい。身体の奥深くからきらきらするような幸福が弾《はじ》けるようにこみ上げてきて、その感覚は、初めてソーダ水を飲んだときとよく似ている。

スズメはベンチから立ち上がり、座ったままの緋生の目の前で、深々と頭を下げた。

「慎んで、お受けいたします。不束者《ふつつかもの》ですが――幾久しく、どうぞよろしくお願い申し上げます」

【4】


楓子《ふうこ》に続いてスズメも送別会を開いて見送られ、あっという間に祝言の日となった。

都築《つづき》家の屋敷は蓮実《はすみ》家から自動車で一時間ほどのところにあり、敷地内に池もあれば裏山もある、広大で古風な武家屋敷だった。

今日からここが、スズメの家となる。

スズメは朝早くから花嫁衣装を纏《まと》い、嫁入り道具を積んだ人力車《くるま》を数台従えて花嫁行列を組んだ。

もとは日向子《ひなこ》のものであった白無垢《しろむく》は、京都《きょうと》の老舗の職人に特別に誂《あつら》えさせた西陣織《にしじんおり》だ。

絹の生地がどっしりとした掛下をおはしょりを取らずに着つけて、金糸銀糸で吉兆紋様《もんよう》を織り出した掛下帯を締めた上から、目にも眩《まぶ》しい純白の打ち掛けを合わせる。

色が白くて小柄なスズメに、純真無垢な白無垢はとてもよく似合った。

つやつやとした黒髪を結い上げて軽く化粧をし、唇に京紅《きょうべに》も引く。筥迫《はこせこ》と懐剣と、末広とを襟の合間と帯とにそれぞれ挟めば、着つけも完成。初々しい花嫁御寮のできあがりだ。

高島田《たかしまだ》風に結い上げた黒髪に綿帽子を被り、使用人一同に見送られて、スズメはぴかぴかに磨き上げられた人力車に乗りこむ。

周辺の住民たちも今日がスズメの輿入れの日だと知っていて、往来に出て口々に祝福の声を上げて見送ってくれたのが、とても嬉《うれ》しかった。

「まあまあ、なんてお可愛《かわい》らしい花嫁御寮だこと」

「蓮実のお嬢さま、どうぞお幸せに！」

都築家の前では紋付き袴《ばかま》姿の緋生《ひお》が弟の伊生《いお》と、ずらりと並んだ使用人一同も一緒に待ち受けていて、正式な夫人として迎え入れられる。

一息入れて化粧直しをし、仲人の介添えで神主に祝詞《のりと》を挙げてもらう頃には、数寄屋《すきや》造りの都築邸の中は招待客で満杯になっていた。

大書院と小書院の間の襖《ふすま》をすべて開け放ち、百人以上の客人を五の膳までついた本膳料理でもてなして、祝言が轟《とどろ》くほど盛大に行われる。とはいえ式を取り仕切ったのは都築家の家令である柏木《かしわぎ》で、新妻であるスズメは何もすることがない。

三三九度も無事に済み、お色直しを済ませても、スズメは胸がいっぱいで何も食べる気にならなかった。根が食いしん坊で、緊張しすぎて食欲をなくすなんていうことは初めてだ。

つまりは、それだけ気を張っていたということなのだろう。

場が賑《にぎ》やかな祝宴に移ったところで、楓子が床の間を背にして座ったスズメのもとへ挨拶《あいさつ》にやってきた。

百花《ひやっか》を縫い取った赤い打ち掛けに埋もれるように座っているスズメと対照的に、楓子は刺繍《ししゅう》とビーズ飾りのたくさんついた瀟洒《しょうしゃ》なワンピース姿で、早くも若奥様ぶりが堂に入っていた。

「おめでとう、スズメさん」

「まあ、ふふ子さん！　いらしてくれて嬉しい。ありがとう」

楓子は香水をふわりと漂わせ、真珠の首飾りと耳飾りの意匠を揃《そろ》えている。スズメより一ヶ月ほど先に人妻となった級友は、輝くばかりの笑みを浮かべていた。

「白無垢が素晴らしくよく似合っていらしたけど、色打ち掛けもとってもすてき。旦那さまも見目麗しい方ねえ。羨《うらや》ましいくらいお似合いよ」

楓子が隣にいる緋生のほうを見ると、紋付きの羽織袴で正座した緋生も愛想良く会釈を返した。

緋生は緋生で、陸軍の同僚から盃《さかづき》を何度も渡され、笑いながら雑談している。客人の間でも酒が回り、スズメは楓子と間近に顔を突き合わせなければ、話し声もろくに聞き取れないくらいだ。

酔っ払った客人たちが陽気に笑いながら、大きな声で高砂《たかさご》を吟《ぎん》じ始める。

「スズメさん、何か召し上がっていて？　お腹空いていらっしゃらない？」

「今日は朝から全然食べる気にならないの。ふふ子さんもそうだと仰《おっしゃ》ってなかった？」

楓子が、ふふふといつものように笑う。

「そうね、私はコルセットでウエストを締め上げていたから苦しくて、お食事どころじゃなかったわ」

「ふふ子さんのウエディングドレス姿、とてもお綺麗だったわ」

「ところがお式を終えたあと、猛烈にお腹が空いてしまって。我慢できなくて、ホテルのルームサービスでお食事を作ってもらいましたのよ。スズメさんもお屋敷の人に言って、なにか温かいものを用意してもらっておいたほうがよろしくてよ」

さすがに、経験者は言うことが違う。スズメはまじめに頷《うなず》いてから、ふと気づいた。

「三上《みかみ》さん——ふふ子さんの旦那さまは、今日はいらしてないの？」

「そうなの。お仕事の都合で、今ごろは京都においでよ。まったく、結婚したばかりの妻を置いて出張に行ってしまうなんてつまらないこと！」

そこへ、克哉《かつなり》に連れられて尾之江《おのえ》が顔を見せた。花嫁の父と同じく、尾之江も紋付き袴姿だ。

「スズメ、ちょっといいかな」

「それじゃスズメさん、またあとでね」

挨拶して下がっていった楓子に代わり、尾之江が座して礼を取る。

スズメも三つ指をついて、丁重に頭《こうべ》を垂れた。

「スズメ嬢、いや、これからは都築夫人と申し上げねば。いやこれはまた、愛らしい花嫁御寮だ。まったく都築家のご当主が羨ましい。今からでも、倅《せがれ》の嫁にいただきたいくらいですな！」

「尾之江のおじさまったら、ご冗談がお上手ですのね。本日はご足労いただきありがとうございます」

尾之江が口を噤《つぐ》み、強い視線をスズメに当てた。

「――あなたは成長なさるにつれて、お母上に似てこられますな。小さい頃はそれほど似ておいでだとは思わなかったが……こうなるとわかっていたら」

「あの……？」

「いやいや、めでたい。お幸せを願っておりますよ」

だいぶ祝い酒が回っているらしい尾之江は挨拶を済ませると、このあと用事があるからと早々に立ち去っていった。克哉が、娘の花嫁姿に改めて目を細める。

「確かに、尾之江の言うとおりだ。こうして見ると、日向子によく似ているなあ……綺麗だよ、スズメ」

「ありがとう、お父さま。今までお世話になりました」

前日のうちに挨拶は済ませてあるけれど、スズメは何度でもお礼を言いたい気持ちで涙ぐんだ。皆から祝福されて、こうして賑やかに祝ってもらえて――祝言を挙げる日は嬉しかったり切なかったり、いろいろと感情が渦巻いて忙しい。

「幸せにおなり」

感慨深そうに克哉はそう言って、婿である緋生に向かって徳利《とっくり》を差し出した。

「花嫁の父からの盃だ。私の気が済むまで付き合ってもらうぞ」

夜の帳《とばり》が降りる頃には、スズメはすっかりくたくたになってしまっていた。

花嫁衣装というものは生地からして普段の和服とは違ってずっしりと重く、綺麗だけれども長時間着るには向いていないようだった。

乳母が気配りして帯を心持ち緩めに締めてくれていたので、幾分ましではあったのだけれど。

若夫婦専用だという檜《ひのき》の大きなお風呂に入って、髪をほどき、化粧を落とす。

熱めのお湯をたっぷり張った湯船に浸かると、知らず知らずのうちにほっとため息が零《こぼ》れ出た。

「檜のお風呂なのに、石鹸《せっけん》はフランス製」

スズメはくす、と小さく笑った。

「このおうちは、いろいろと和洋折衷みたいね」

全体的には由緒正しく古めかしいようでいて、要所要所は使いやすいものを効率的に取り入れた、柔軟な暮らしをしているようだ。それもなんだか、緋生らしい。

——うばやは、少ししたら里に下がって養生すると言っていたっけ。早く元気になってほしいわ。

気心の知れた実家の使用人を連れて輿入れする女性は多いが、スズメは誰も連れてきていない。

乳母はスズメについてきたがったけれど、この際のんびりして身体を治すことを優先してほしい、と無理に頼んだのだ。緋生が借金の肩代わりをしてくれたおかげで余裕ができて、養生するための支度金をたっぷりと渡せたことは本当にありがたかった。

「緋生さんて若くしてご当主になったせいか、そういう面にもものすごく気が回る人なのよね……」

脱衣所近くで待ち受けていた女中頭《がしら》の蕗《ふき》という女性に、寝室まで案内してもらう。なにしろ今日初めて足を踏み入れた屋敷なので、スズメは自分が今どこにいるのか、さっぱりわからない。

蓮実の家と違い、洋室がひとつもないこの屋敷には老若男女、使用人が大勢働いていた。蕗はもう夜も遅いというのに白髪を結い上げて、髪一筋ほどの乱れもない。

都築家の使用人たちは全員、今日は祝意を表してお仕着せの紋服《もんぷく》を着用していた。痩《や》せて、すらりと背の高い蕗はかなり年を取っているようだが、動きはかくしゃくとしている。スズメの目から見ると、若い頃は長刀《なぎなた》がかなり得意だったのではないだろうか——そんなふうに思ってしまうくらい、背筋がぴんと伸びて表情もどこか凛々《りり》しい初老の女性だった。

「若奥さま。本日は、お疲れになったことでございましょう」

長い廊下を、足音ひとつ立てずにすり足で歩く蕗が気を遣って、低い、やわらかい声で労《いたわ》る。乳母の口ぶりとよく似ていて、スズメはなんだか親近感を覚えた。目も顔も体つきも丸々とふくよかだった乳母とは正反対の見た目をしているけれど、この人とは、気が合いそうな気がする。

「はい——大変くたびれました」

そう答えると、女中頭も微笑《ほほえ》む。

長い廊下は暗く、電灯の代わりにカンテラをいくつも置いて、足もとを照らしていた。

「こちらの小書院の間は、ご家族のお食事の際にもお使いになるお部屋でございます」

見事な家財道具が揃った母屋に寝起きするのは緋生とスズメと弟の伊生の三人だけで、家令と女中頭は離れに部屋を持っている。あとの使用人たちのうち、住みこみの者たちは別棟に住み、近隣から通いの者もいるらしい。

「普段は、この先の奥座敷でおくつろぎくださいまし。裏山に続く中庭に面しておりまして、とても見晴らしの良いお部屋でございます」

歩くたびに、廊下がきゅ、きゅ、と軋《きし》んで鳴る。根太《ねだ》が緩んでいるのだ。

スズメがそれに気づくと、蕗が恥じ入るように目を伏せた。

「なにぶん、古い屋敷でございまして……そろそろ建て直しをという話は何度か出ているのですが、旦那さまが良いお顔をなさいませんものでございますから」

この屋敷は緋生の両親が暮らした屋敷。

若くして亡くなってしまった両親の思い出が多く残る家。

取り壊すのが忍びないのでございましょうね、と蕗が悲しそうにつぶやく。

「旦那さまはともかく、弟君の伊生さまはご両親のことをほとんど覚えていらっしゃいませんし……お宮参りのときに撮った、ご一家のお写真があるきりで」

「そうだったの……緋生さんたちはずっと、寂しい思いをなさっていたのね」

事故のことは、蕗ははっきりとは口にしない。

それは緋生が直接話すべきことで、使用人の自分が出しゃばることではないと考えているからだ。

それに悲しい話題は、おめでたい祝言の夜にはふさわしくあるまい。

「ですから、奥さまがいらしてくださったことが、わたくしどもも嬉しくてたまりませんのよ。お屋敷がぱっと華やかになりましたし」

それでもお若い方には、この屋敷は好みに合わないかもしれませんわねえ、と蕗が眉根を寄せる。

スズメは、洗い立ての髪をふるふると横に振った。

「このお屋敷は住みやすそうだわ。それに、真新しい畳の匂いがすてき。蓮実の家には和室は少ししかなかったから、ずらっと並んだ和室が新鮮です」

「ほほほ、それはよろしゅうございましたこと。こちらの角をまっすぐ行きますと、突き当たりが旦那さまの書斎でございます。その奥に旦那さま専用のお寝間もございますが、今日からは旦那さまもご夫婦のお部屋でお休みになります」

先代のご夫婦もお使いになっていた、当家でもっとも格式のあるお部屋でございます、と女中頭が言い添える。

「広いお屋敷ね。慣れないうちは迷ってしまいそう」

「わたくしどもがお供いたしますから、ご安心くださいませ」

なんでもお気軽にお言いつけくださいまし、と頼もしく請け負ってくれるのにほっと安堵《あんど》する。

「先ほど皆さんから出迎えてもらった際に挨拶をしてもらったけれど、私、お名前をほとんど覚えられなかったの」

「明日以降、使用人一同、改めてご挨拶申し上げます。明日はゆっくりとお休みになって、まずはお疲れを取ってくださいましね」


「旦那さま。奥さまをお連れいたしました」

「ありがとう。蕗はもう下がっていいよ」

「かしこまりました。お休みなさいませ」

寝室にスズメと緋生を残して、蕗がそっと立ち去る。

先に入浴を済ませた寝間着姿の緋生は今まで、濡《ぬ》れ縁に立って月を眺《なが》めていたらしかった。

寝間と濡れ縁の間の障子を後ろ手で閉めて、中に入ってくる。

真綿の床《とこ》が二組、きちんと並べて延べられており、その上に緋生が無造作に腰を下ろす。

「スズメさん、今日はお疲れさまでした。今日はまだ、ゆっくり話もできていませんでしたね。改めて――都築家へようこそ」

畳を葺《ふ》き替えたばかりの寝室は、い草の清々《すがすが》しい匂いが満ち満ちていた。

床の間に新婚夫婦にふさわしい縁起物の掛け軸をかけ、柱も欄間も磨き上げられているが、スズメにはそれらがぼんやりとしか見えない。電灯を切って、枕もとに小さな雪洞《ぼんぼり》しか置いていないせいだ。

雪洞は蝋燭《ろうそく》の芯を切ってあるのか、カンテラやランプのような煌々《こうこう》とした明るさはない。

雪洞に罪はないのだけれど——このささやかな明るさだけでは、だめだった。

スズメは襖のそばに立ち尽くし、一歩も動けなくなってしまった。

「どうしました？」

緋生が、怪訝《けげん》そうに声をかける。

「……明かりを、点けてくださいませんか？　お願い」

薄闇でもはっきりとわかるほど蒼白になったスズメの様子に、緋生はすぐさま立ち上がる。

「ちょっと待っていてください。すぐですよ」

手を伸ばして、天井から吊《つ》り下げられている電灯を点ける。背の高い緋生には、踏み台など必要ないのだ。

部屋の中が一気に明るくなり、スズメは眩《まぶ》しさに何度か瞬《まばた》きした。

「暗いところがお嫌いですか。知りませんでした」

緋生がスズメの肩を抱くようにして、一緒に腰を下ろす。

「外や廊下は少し暗くても平気ですけど、お部屋が暗いのは……苦手です」

ごく自然なしぐさで床に導かれて座ると、緋生のはだけた寝間着の奥から、ほんのりと湯上がりの温かい匂いがした。それと、スズメも使ったフランス石鹸の匂い。

「なにか理由が？」

「――子供の頃に私、かくれんぼが得意だったの」

スズメはまだどきどきとした動悸《どうき》が収まらない。

スズメがこまかく震えていることを見て取った緋生が、そっと、宥《なだ》めるように懐に抱き寄せる。

彼自身無意識のうちに、大きな手で、スズメの背中をぽんぽんと叩《たた》いてあやしていた。

「でも近隣の子たちと一緒にかくれんぼをしていたとき、別棟の棚の中に上がりこんで。ここなら絶対に見つからないと思って、戸を閉めた」

確かに年頃の近い遊び友達の子供たちは、いつまで経ってもスズメを見つけられなかった。

「だんだんと飽《あ》きて、私、そのまま眠ってしまったの。それで目が覚めたら夜になっていて」

蓮実の屋敷ではスズメが見つからない、神隠しではないかと大騒ぎになっていたし、スズメはスズメでどうしたことか戸が中からでは引っかかってしまって開かなくて、声も出ないくらい怖い思いをした。

「結局、うばやが見つけてくれたんだけど……そのときから、真っ暗なところがだめなの。どうしても足が竦《すく》んでしまって」

明かりがあれば大丈夫なんだけど、と続けるスズメの話を、緋生は黙って聞いていた。

そして、困ったな、とつぶやきながらスズメを抱き締め直す。

指ですくい取られた一筋の黒髪に軽く口づけられて、スズメは初めて緋生が自分の髪をずっと撫《な》でていたことに気づいた。

「今から、明るいところでするにはあなたが恥ずかしがるようなことをするんですが。消さなくて大丈夫ですか？」

びく、とスズメが身体を竦《すく》ませる。

「おや。何をするかはご存じのようですね」

「――うばやに、ひととおりのことは教わったわ。でも」

「はい、何でしょう？」

「暗いのはいやだけど、恥ずかしいのも困ります……」

なんとも素直な言いように、緋生が笑み崩れる。

「それはそれは。でもまあ、こういうのは慣れですよ」

緋生が幸福そうに微笑みながら、スズメを純白の褥《しとね》の上に横たえようとする。

両手を緋生の肩口に当てて突っ張って、スズメはこれだけは先に聞いておきたい、と口を開いた。

「あの……私、今日から、緋生さんのことをなんと呼べばいいの？　母は父のことを、『あなた』と呼んでいましたし、使用人たちは『旦那さま』でしょう？」

「今までのように、名前で呼んでください」

緋生さん。

口の中で小さくそう呼ぶと、長い腕でゆっくりと抱き締められた。

そのまま押し倒されて、頭を枕に乗せられる。

唇がしっとりと重なって、スズメは、ぎゅっと目を瞑《つぶ》って全身にぐっと力をこめた。

生まれて初めての接吻《せっぷん》という認識はなく、ただ、思った以上に緋生の唇が熱くて力強いことだけはわかった。がちがちのスズメに、上からのしかかった緋生は思わず苦笑いする。これでは、色気も何もあったものではない。

「格闘技をしているわけじゃないんですから。力を抜いて」

「……努力は、しているんだけど……心得がなくて、ごめんなさい」

顔をくしゅっと歪《ゆが》めたスズメの黒髪を、緋生がゆっくりと指先で梳《す》いた。

「大きく息を吐《は》いて、吸って……そう、上手ですよ」

緊張を解きほぐすために低く、ゆったりと、耳たぶに唇を押しつけるようにして囁《ささや》きかける。

「大丈夫、あなたは何も心配しなくていい。私に任せて。ね？」

緋生がそう言って、スズメの首筋に唇を押しつけた。

スズメは、上げかけた悲鳴をこらえるように息を呑《の》む。初夜の予備知識は最低限のことをざっと教わっただけで、ただ、旦那さまに身を委ねてじっとしていればいいとしか聞いていない。

——肌を触れられるだけで、こんなに怖いなんて知らなかった。

異性の手が、薄い夜着をはだけさせ、素肌の上を緋生の唇が辿《たど》る。

それはスズメから見れば、今から小動物に牙を突きたてんとする肉食獣のようにも思えた。

——だめ、怖い…………！

「やだ………！」

スズメは緋生の腕の中からなんとか逃れようと、腕を突っ張って抵抗した。

けれど優雅な見た目よりずっとたくましい肩は、スズメの力程度ではびくともしない。

涙がこみ上げてきて、目の端からぽろぽろ転がり落ちる。

冗談ごとではなく、身体を作り変えられてしまう心地だった。何も知らない少女ではなく、性を知る大人の身体へと。

男の手によって、女性は子供時代の自分に永遠に別れを告げるのだ。二度と、無垢な子供には戻れない。だから——こんなにも、恐ろしい。

スズメが喉を引き攣《つ》らせて泣いていることに気づいた緋生が顔を上げ、男の色香を滲《にじ》ませた表情で眉根を寄せた。

「スズメさん？」

「離して！」

緋生が少し身体を浮かせた隙に、スズメがくるりと寝返りを打って横向きになった。

枕を抱えこんで、声を忍んで涙を吸わせる。

「そんなふうに泣かないでください」

「だめ、怖い、ごめんなさい……！」

「あなたは本当に可愛くて……そして、まっさらな人なんですね」

スズメを背後から抱き締めるために自身も横たわった緋生が、スズメの後頭部に頬ずりした。

「怖がる必要はありませんよ。世の中の夫婦がしている営みを僕たちもする。それだけのことです。取って食おうとしているわけじゃありません」

桜貝のように小さい耳やうなじに戯《たわむ》れるような口づけを繰り返され、背後から包みこむように両手を握られる。身体をすくい上げるように抱き締められ、頬と頬をすり合わせられて、スズメが小さく肩を揺らした。

「それ、くすぐったいわ」

「良かった。やっと笑ってくれましたね」

上半身が剥《む》き出しになった緋生の肩や腕には、引き攣れるような痕《あと》がいくつも残っている。大怪我《おおけが》をした際に縫合した痕なのだそうだ。皮膚が少し盛り上がって変色している。

スズメは肘にある傷に、指の先で恐る恐る触れた。

「これ……痛い？」

「いいえ、全然。もう治っていますから。見苦しくてすみません」

「そうは思わないけど、こんな大きな傷が残るなんて、大怪我をしたのね。痛かったでしょ……？」

それには答えずに緋生がふっと微笑み、それから穏やかに唇を寄せた。

「スズメさん、口を開けて」

「え？」

思いがけないことを言われて、スズメが言われたとおりに軽く唇を開く。

すると何度も何度も唇をすり合わせ、舌先をも絡み合わせる濃厚な口づけが始まった。

「ん………」

──恥ずかしい、けど。

スズメはだんだんと、接吻の心地よさに飲みこまれていく。

小さな唇を食《は》むようにされるのも、額や瞼《まぶた》に口づけられるのも、怖くなっていくと同時に、うっとりするような、今まで味わったことのないふわふわした気分になっていく。

じゃれ合うような口づけを繰り返すうちにスズメもおずおずと、官能を受け入れ始めていた。肌を合わせるということは、当事者同士が了承していれば、とてもあまやかな行為だ。

身体がぽっと熱くなってきて、頭がぼーっとする。

それがめくるめくような快感の始まりなのだとは、スズメはまだ知らない。

「……緋生さん」

口づけの合間に、縋《すが》るように名前を呼ぶ。

「何です？」

いつのまにか帯代わりの腰紐はほどかれ、肩も胸も露《あら》わになっている。

男の手はそれだけにはとどまらず、緋色の腰巻きまでも取り去ろうとしていた。はっと息を呑んだスズメは反射的に、その手を上から押さえた。

ん？　と緋生が軽く微笑む。

覚悟を決めて喘《あえ》ぐように大きく深呼吸してから、スズメは消え入りそうに小さな声で懇願した。

「できるだけゆっくり……怖くないようにすると、約束してくれる？」

「覚悟が決まりましたか？」

はい、とスズメはこっくり頷いた。

これが緋生の言うとおり夫婦の営みだというのなら、逃げも隠れもしたくない。

身体はまだ震えるし、恐ろしいことに変わりはなかったけれど――与えられる快感の種は、おずおずとではあるが芽生え始めている。

健気《けなげ》に身を委ねようとするあどけない、幼い媚態《びたい》が緋生をさらに煽《あお》る。

緋生は眉間にぐっと皺《しわ》を寄せ、スズメの身体をかき抱いた。


雲の上を漂っているような快感と、破瓜《はか》の痛み。

しっとりと汗に濡れる素肌と、混じり合う吐息。

なにもかもが極端で、スズメが今まで想像したこともないような行為ばかりが延々と続いた。

華奢《きゃしゃ》な身体はどこもかしこも大きな手と長い指と、熱い唇とで食らい尽くすように貪《むさぼ》り尽くされ、スズメは頭の中が真っ白になってしまって、何をされたのか、よく覚えていない。

生まれて初めて、異性と肌と肌とをぴったりと重ね合わせて、筋肉で覆《おお》われた腕の中に閉じこめられるように抱き締められて、ひたすら熱くて。

その熱に翻弄《ほんろう》されるように声を上げると、そのたびに優しい口づけで塞《ふさ》がれた。

甘い蜜に痺《しび》れて溺《おぼ》れているうちに、緋生に何か睦言《むつごと》を囁かれた気もするが、はっきりとは思い出せない。体中で快楽が火種のように爆《は》ぜて暴れる。

初めて味わう官能に混乱し、戸惑い、押し流されて——どれくらい時間が経ったのかもわからないくらいだった。

ぐったりとして半ば気を失っていたスズメの背中を、最奥の繋《つな》がりを解いたばかりの緋生がそっと片手で抱き上げた。

「スズメさん。大丈夫ですか」

全身を淡い桃色に染めたスズメは目を瞑り、弱々しい呼吸を繰り返すばかり。

「スズメさん？」

汗と涙で濡れてしまった前髪をかき上げ、緋生がスズメの額に唇を落とした。

それからスズメを胸に抱え直し、その身体が冷えてしまわないように上掛けで覆う。

汗に濡れる細腰の辺りをそっと撫でられ、スズメが、ぱちっと瞼を開いた。

「……え。私……？」

「少しの間、気を失っていたみたいですね」

まだ明かりは落としていないから、スズメは自分が全裸のまま、同じく素肌の緋生の腕に抱かれていることがはっきりとわかる。

たとえ真っ暗で何も見えなくても、この感覚は強烈すぎて、きっとすぐわかるだろう。

緋生の肌は、触れなくてもわかるくらい熱を持っている。

「どうでした？　それほど怖くはなかったでしょう？」

目の前の、硬く厚みのある胸筋がなるべく視界に入らないよう目を泳がせながら、スズメはちょっと不貞腐《ふてくさ》れた口調で囁いた。声がかすれてしまってあまり大きな声は出せそうにないし、第一、感想を求められても困る。

でも、これだけは言える。

「怖くなくは、なかったわ」

「大変可愛らしかったですよ」

どうやら一応、ちゃんと新妻の務めは果たせたらしい、とスズメはほっとした。

夫婦の営みって疲れるものなのね、と独り言のようにつぶやく。

ははは、と緋生が我慢しきれないように声を上げて笑った。

「疲れましたか」

「はい。すごく」

率直に答えるたびに、緋生がスズメを抱き締めたまま、引き締まった腹筋を揺らして笑う。

この人は結構な笑い上戸だ。

スズメとしては笑うより先に、何か羽織ってほしいし自分も何か着たい。寒くはないけれど、お互いの素肌を触れ合わせたまま会話をするというのは気恥ずかしい。

「初夜の感想が、それですか。いや、まったく……そうですか。そんなに疲れましたか」

「ええ。今まで生きてきた中で一番」

今度こそ、緋生が片手で顔を覆って天井を仰いだ。

「あははは！　だめだスズメさん、もう黙ってください。腹が痛い……！」

上機嫌のまま、緋生が自分の腕を枕代わりに差し出して、白い背中をあやすように揺らす。

「愛らしい新妻に、これ以上無理を強いることはできませんね。もうおやすみなさい。明日はうんと寝坊していいから。どうせこのところ、あまり眠れていないのでしょう？」

「朝は、ちゃんと起きます。だって、朝ご飯の支度をしないといけないもの」

「そんなことは使用人たちがやりますから、いいんですよ」

「だめ……私の、お仕事よ……」

そう抗いつつも、疲労困憊《こんぱい》したスズメの目はとろんと蕩《とろ》けていく。

祝言の間ずっと気を張っていたし、その前は緋生の言うとおり、緊張して毎晩眠れていなくて寝不足気味でもあった。

「スズメさん——僕は、あなたが思っているよりずっと深く、あなたのことを愛していますよ」

その言葉もはっきりとは聞き取れなくて、でも穏やかな声音が子守歌のようで心地よいと思いながら、スズメは深い眠りに落ちた。

【5】

新婚生活が始まり、それまで静かにひっそりとしていた都築邸《つづき》はにわかに賑《にぎ》やかになった。

もちろんすべて、新しく迎えた若い女主人の影響である。

軍務のほか、都築本家の当主として携わる事業にも多事多端《たじたたん》な緋生《ひお》が帰ってくるまでの間、スズメは女主人として忙しい毎日を送っている。

なにしろこの屋敷は広いし部屋数も多いし使用人も多いしで、やることはたくさんあるのだ。すべて家令の柏木《かしわぎ》や女中頭《がしら》の蕗《ふき》に一言命じれば済むことだけれど、スズメはそれで気が済む性分ではない。

じっとしているのは性に合わないし、自ら動き回るほうがよっぽどいい。

きりりとたすき掛けをして朝も早くから広い屋敷の部屋を掃き清めて回り、襖《ふすま》や障子を開け放って風を通す。それだけでは飽《あ》き足らず、若い女中たちと一緒になって長い廊下を雑巾がけする。

洗濯ものはきちんとしまい、もちろん身の回りのことは全部自分でやる。

使用人たちにごく気軽に話しかけることも多く、厳しい作法に雁字搦《がんじがら》めになっていた若い使用人たちはそれを歓迎した。

この屋敷に嫁いでくるのは、華族の令嬢だと聞いていた。

てっきり、わがままで扱いづらい権高なお嬢さまが来るとばかり思っていたのに——使用人たちは呆気《あっけ》に取られる暇もなく、スズメの巻き起こすつむじ風に巻きこまれていく。

スズメには今までも女主人代わりとして、蓮実《はすみ》の家屋敷をまとめていた実績がある。

そのほかにもお花を生けたりお茶を点《た》てたり、読書をしたり手紙を書いたりして、毎日飛ぶように時間が過ぎていってしまい、祝言を挙げた日からひとつきあまりが過ぎた。

婚礼は梅雨の晴れ間に行われたというのに、今はもう、初夏の風がきらきらしい七月半ばである。


今日は昼過ぎから厨房《ちゅうぼう》で、スズメは得意のうどんを打っていた。この屋敷に来てから、うどんを打つのは初めてだ。

厨房は、普段は賄《まかな》いを担当する女性と少女たちが常駐していて三度三度の食事はおろか、茶菓子なども甲斐甲斐《かいがい》しく作ってくれる。

腕は確かな上に、和食はもちろん洋食も出してくれるので、スズメの出番はほとんどなかった。

でも今日は用事があって、賄い頭の女性が休みを願い出ている。

そのため今日一日は、スズメが厨房に立つことにしたのだ。

厨房の手伝いをしている少女たちにも、せっかくだからと同じように暇を出す。

ひとりきり、広い厨房で思う存分腕をふるうのはいつぶりだろうか。

そこへいつもどおり、隙のないお仕着せ姿の家令——柏木《かしわぎ》がやってきて、折り目正しく腰を折った。

柏木は黒の上衣に同じく黒無地のズボンを合わせ、落下防止の細鎖をつけた銀色の片眼鏡をかけて、常に冷静沈着な人物だった。

緋生よりは年かさの四十代であるが、まだまだ若々しく体つきもしっかりしている。

謹厳実直を絵に描いたような人物で、厳しそうな見た目をしている家令は腕に伊生《いお》を抱えていた。

「姉上！」

「あら、伊生さん。今はお習字の時間ではないの？」

緋生の異母弟に当たる伊生は足腰が弱く自力では立つことも難しいので、よくこうして柏木に抱えられて移動することが多い。幼児期に大怪我《おおけが》を負ったせいで、歩けなくなってしまったのだと聞いている。

車椅子《いす》もあるにはあるが、和室ばかりのこの屋敷では使いにくかった。

特別誂《あつら》えの杖《つえ》も、伊生の非力な腕では使いこなせないし、かえって転んでしまうので危ない。

「姉上がうどんを打つと聞いたので、急いで今日のぶんを終わらせてきました！」

伊生には、この姉がやることなすことが珍しくっておもしろくって仕方ない。

ぱりっとした半袖のシャツに半ズボン、短く切り整えた髪がふさふさとしていかにも良家の子息らしい、上品で愛らしい男の子だ。

「まあ、早いのね。ちょっと待ってね、今お座布団を用意してあげる」

「いえ奥さま、そちらはわたくしが」

両手が粉だらけのスズメを見て、柏木が伊生の座る場所を整えた。

大きな竈《かまど》がいくつも据えてあるのは土間だが、スズメがいるのはその脇の小上がりの間だ。普段賄い役の女性たちが料理の盛り付けなどに使う場所だが畳敷きで広く、両脇に予備の食器や乾物などが使い勝手がいいようにたくさん揃《そろ》えられている。

分厚い座布団の上に下ろされた伊生が、周囲を珍しそうに見回しながら、ぺたんと両手をついて座りこんだ。まともに力の入らない足のせいで、きちんと正座することはできない。

「僕、厨房へ来たの初めてです。こんなふうになっているんですね」

柏木がこほんと空咳をして、片眼鏡に指をあてがいながら、気難しげに一言添える。

眉間の皺《しわ》が、いつもよりもっと深くなっていた。

「都築家では殿方はもちろんご婦人方も、皆さま厨房にお立ち入りになったことはございません。ここは使用人が働く場所でございます。伊生さまがどうしても行きたいと仰《おっしゃ》るのでお連れいたしましたが、本来、ご身分にふさわしい場所ではございませんよ」

男子厨房に入らずという言葉はスズメも聞いたことがある。

柏木もきっとそのことを言いたいのだろうと察したが、スズメとしてはそれに同意はできない。

たしなめられていることに気づいた伊生がしゅんと項垂《うなだ》れているのを見て、スズメはわざと軽口を叩《たた》くようにおどけた口調で庇《かば》った。

「女性たちがどんどん社会へ出ているんだから、殿方も厨房へいらっしゃっても全然おかしくないとは思わない？　時代は男女平等よ」

伊生が、心強い味方の出現に、ぱっと笑顔を浮かべた。

「僕もそう思います、姉上」

「それにお料理だって、やってみると楽しいものよ。包丁を扱うのはまだ早いでしょうけど、おうどんをこねるの、やってみる？」

「わあ！　いいんですか!?」

これには柏木も目を剥《む》いたが、己の職務に忠実な家令は一瞬目を白黒させただけで口を噤《つぐ》み、異を唱えることはしなかった。


「おうどんおいしかったです、姉上！　またご馳走《ちそう》してくださいね。僕、今度もお手伝いしますから」

伊生がはしゃいでそう言うのを、スズメも微笑《ほほえ》ましく聞いていた。

中庭に面した濡《ぬ》れ縁に腰かけて、編み上げのブーツの紐をしっかりと結ぶ。

裾が乱れるといけないので、いつもの単衣《ひとえ》の上に袴《はかま》を穿《は》いて、髪もまとめる。

伊生はその横で、スズメのすることをわくわくと胸を弾《はず》ませながら見守っていた。

「そうね。伊生さんが手伝ってくれるととても楽しいから、私も嬉《うれ》しいわ」

「兄上も食べられれば良かったのに」

「だって、緋生さんはお仕事だもの。また今度作りましょう。今度は緋生さんもご一緒できるときに」

「はい！」

「よし、と。さ、準備ができたわ。いらっしゃい」

屈《かが》んだスズメの背中に、伊生が腕を回して抱きつく。

その身体が落ちてしまわないよう、幅の広い紐を使ってくくりつける。そうするとちょうど、母親が赤ん坊を背負うときと同じ格好になった。立ち上がったスズメの背中の上で、伊生がくすぐったそうに身をくねらせる。

「ふふ」

「奥さま、本当に大丈夫でございますか？　もしお怪我でもなさったら、蕗《ふき》は旦那さまになんとお詫《わ》びすればよろしいのでしょう」

同じく庭先に下りた蕗がおろおろしている脇で、柏木はすべてを諦めきった表情をしていた。

あのあと厨房で伊生は髪も顔も粉だらけになったし、打ち立てのうどんは伊生だけではなく、使用人全員に振る舞われた。

手伝いをできたことがよほど嬉しかったのか、いつも食のほそい伊生が、今日はお代わりまでしたのである。

そもそも緋生と伊生は生活する時間帯が違うから、休日以外は、一緒に食事をする機会がほとんどない。スズメが嫁いできてからというもの、いつも食卓を一緒に囲めるようになって、伊生はそのことをとても喜んでいた。

もちろんひとりきりの食事でも柏木や蕗がついていてくれるし、給仕人も大勢いるけれど、一緒に食べてくれる相手がいるのといないのとでは全然違うのである。その昼食の最中、蓮実家から、修理したばかりの二輪車が届けられたことがそもそもの始まりだった。

「蕗さん、そんなに心配しなくても平気よ。伊生さんは軽いし、慣れればそう危なくないのよ」

今まで二輪車に乗るどころか間近で見たこともなかった伊生が乗ってみたいと言い出し、あろうことかスズメもあっさり承諾してしまったのだ。

スズメは伊生を背負ったまま、一面に芝生が広がる中庭に出る。

大きな池があるのは表庭のほうで、こちらはどちらかといえば西洋風に近く、庭石なども必要以上には置いていない。ぐるっと大きな木立に囲まれているものの、平らな芝生が続いているので二輪車を走らせるには好都合だった。

「蓮実の屋敷も広かったけど、こちらはさらに広いのね。お庭の奥に裏山まであるなんて」

小高い山は、敷地内ではあるものの、ほとんど人は立ち入らないらしい。

動物や植物を手つかずのままにしてあるそうで、木々がこんもりと茂っていて、確かに登るには不向きそうに見える。

「山菜とかありそうなんだけど、取りに行くのは危ないかしら」

スズメ愛用の二輪車は壊れた部品が取り替えられ新品同様、腰かけ部分の布も綺麗《きれい》に張り替えてあった。

「わあああ、本物の二輪車だぁ……！」

興奮する伊生に、スズメは静かに言い聞かせた。

「いいこと？　伊生さん。二輪車はね、慣れないうちは転んでしまうことが多いの。走っている間、どんなに楽しくても身体を大きく揺らしたりしてはだめよ」

でもここは芝生がとってもやわらかだし、ゆっくり走るから、転んでもたいして痛くない、とスズメが言い添える。伊生が、ちょっとだけ不安そうな声を出した。

「僕、転ぶのはいやだなあ。怪我をすると、柏木がとってもおっかないんです」

「それは伊生さんのことを心配しているからだわ。転びそうだなと思ったときは身体を丸めて、私の背中にしがみついていなさい。大丈夫よ、私が絶対に守ってあげる」

二輪車に跨《また》がり、ペダルを踏む足に力をこめる。

ゆっくりと、二輪車が芝生の上を風を切って進んでいく。

「わああ、すごいすごいっ！」

スズメにとっては遅い速度でも、伊生は大はしゃぎだ。

四方を囲まれた自動車と違って直接外気を受けるし景色を遮《さえぎ》るものもないぶん、爽快なのだろう。

スズメの忠告が頭から吹き飛び、腕を伸ばしてぶんぶんと振る。

「柏木、菖も！　見て！　僕今、二輪車に乗ってるよ！　走っているんだよ！」

「坊ちゃま、お危のうございますよ！　そんなふうになさったら……まあ！」

伊生が動いたせいで、スズメが転びかける。

柏木が駆け寄って支えようとしたが、スズメはすかさず片足で踏ん張って持ちこたえた。

そして何故かそのまま、真横にゆっくりと倒れてしまう。

「……っ!?」

柏木が瞠目する先で、スズメが伊生を振り返る。

伊生は、びっくりした様子で口をぽかんと開けたまま固まっていた。

「転ぶとこうなるのよ。実際は勢いがあるから、もっと痛いの。だから暴れてはだめ。おわかり？」

芝生の上に横たわった伊生は最初は目を丸くしていたが、次には明るく笑い出した。

スズメの言うとおり芝生はふかふかしているし、いい匂いもするから全然痛くない。

「はい、わかりました姉上！」

「よし、次はもうちょっと速く走るわよ！」

屋敷の中に残った使用人たちもはらはらしながら見守る中、スズメは二輪車を漕《こ》いだ。

修理したばかりの二輪車はとても乗り心地がいい。

時折転ぶこともあったけれど、泥が顔や手足につくのがかえっておもしろい。

伊生はきゃっきゃと大喜びし、もっともっととスズメにせがむ。

ふたりはそのまましばらくの間、野原のような中庭を思うさま走り回った。


「あー、楽しかった……！」

芝生の上に仰向けになった伊生が頬を紅潮させ、瞳をきらきらさせながら肩で息をする。

上等の洋服は、すっかり泥だらけの草だらけになってしまっていた。

スズメがあとで、責任をもって洗濯しておくべきだろう。

「でもちょっと、暴れすぎたわね」

伊生の隣でぺたんと腰を下ろしたスズメも、はあはあと息を切らしていた。

今までずっと付き添っていた柏木は出入りの商人に呼ばれて席を外し、蕗はふたりの着替えを用意するため、一足先に屋敷へ戻っていったところだ。

スズメが夕焼けの空を見ながら促す。

「もうすぐ日が暮れるわね。そろそろ戻りましょう」

「はい。すごく楽しかったから、お腹が空きました。僕、今日はいっぱいお夕飯を食べます」

「それなら、おいしいものをたくさん作りましょうね。伊生さんは、何がお好みかしら」

伊生が、内緒話を伝えようと、スズメにそっと耳打ちした。

「好き嫌いを言うと柏木たちに叱《しか》られますが、僕、苦いものがあまり得意ではありません。あと、酸っぱいのも……食べられるけど、口の中がちょっと変になります」

スズメは思わず笑ってしまった。

「わかるわ！　私も小さい頃はそうだったもの」

「姉上も？」

そこへ、緋生の驚いたような声が飛んできた。

「伊生⁉」

見れば、軍服姿の緋生がこちらに向かって駆けてきている。

お帰りなさい、と屈託なく言おうとしたスズメの声は緋生の一喝にかき消されてしまった。

「ふたりして一体何をしているんです！　伊生も、泥だらけじゃないか！　どこか怪我をしたのか⁉」

「え」

緋生の顔は今まで見たこともないほど強ばり、剣幕は凄《すさ》まじかった。全身から怒気を漲《みなぎ》らせ、伊生を強引に抱き上げる。

「お前は身体が弱いんだから、おとなしくしているようにと言っただろう！　何故《なぜ》言いつけを破った！」

その気迫に伊生が目を瞠《みは》り、それから火が点《つ》いたように泣き出した。

騒動を聞きつけ、柏木と蕗が慌てて飛んでくる。

「旦那さま！　お戻りはもう少し先のはずでは」

伊生を片手で抱き上げたまま、緋生は家令をじろりと睨《にら》みつけた。

「柏木。お前がついていながら……一体何をしていた」

その間スズメは初めて見る緋生の怒りように気圧《けお》され、圧倒されそうになったが、慌てて口を開いた。

「緋生さん、私が悪いの。私が無理を言って、二輪車の試運転をさせてもらっていたのよ」

伊生が泣きじゃくりながら、スズメを庇う。

「兄上、違うんです。伊生が、二輪車に乗せてほしいっておねだりしたの……」

「……二輪車？」

緋生が、芝生に置かれたままの二輪車を見て低く唸る。

「そんなものに乗ったら危ないだろう。転んだらどうする」

伊生が緋生の首にかじりついた。

「……ごめんなさい。僕、乗ってみたかったの。一度でいいから、乗ってみたかったの……」

恐縮して項垂れていた柏木が、そっと口を挟んだ。

「旦那さま。伊生さまは奥さまのおかげで、とても楽しそうにしておられました。あんなふうに伊生さまが喜ばれたのは、久しぶりでございました」

緋生がきつく目を閉じて、額を片手で鷲掴《わしづか》みにする。それが怒りをこらえるしぐさだということは、誰の目にも明らかだった。やがて深くため息をついた緋生が、静かに尋ねる。

「伊生、スズメさんも。怪我はないんですね？」

「は、い」

スズメが戸惑いながら頷《うなず》く。それは結構、と緋生は冷ややかに返した。

伊生を柏木の腕に託し、くるりと踵《きびす》を返す。

「――ふたりとも、食事の前に入浴して泥を落としなさい。汗をかいたままでは風邪をひいてしまいますよ。頭痛がするから、僕は今日は書斎にこもります。誰も近づかないように」

＊

着替えもしないまま緋生は書斎に入り、文机《ふづくえ》の上に軍帽を乱暴なしぐさで叩《たた》きつけるように置いた。

頭が割れそうに痛んで、吐《は》き気がする。低く唸りながら眉間を指先で押さえて、そのまま座りこむ。灼熱《しゃくねつ》の棒で真芯を強くかき乱されているような痛みに、緋生はもう五年もの間悩まされていた。

「…………っ」

五年前。

両親と妹の爽子《さわこ》が死んだ日。

あの忌《い》まわしい事故を思い起こさせるものすべてが、緋生は苦手だった。すぐにこうして頭痛に苛《さいな》まれてしまう。なんとかして克服したいと長年思い続けているが、あれはだめだ。

予定より早く仕事を終えたので帰宅し、声がする方向へなにげなく向かった先で――伊生が、スズメが泥だらけになっているのを見たとき。

五年前の凄惨《せいさん》なありさまが、眼裏《まなうら》にまざまざと蘇《よみがえ》った。

あの瞬間を思い出すだけで緋生はいつも、背筋がぞっとするほどの恐怖と罪悪感に包まれる。

家族を助けられなかった悔恨――自分たちだけが生き残ってしまったという罪の意識が、今も強く残って消えない。


伊生のお宮参りの日だった。

ちょうど秋の終わりで、道々の紅葉がとても美しかったことは今でも覚えている。

後妻との間にできた末息子のお宮参りであるせいか、普段から寡黙な父の静生《しずお》はこの日、朝から機嫌が良かった。

一家で水入らずの時間を楽しみたくて、雇いの運転手を休ませ、わざわざ静生自らハンドルを握るほどに。

すでに陸軍士官となっていた十九歳の緋生も、十五歳の女学生だった爽子も、揃《そろ》って都築家ゆかりの寺に参詣したあと、静生の上官の屋敷に招かれて少し早い夕餉《ゆうげ》をともにし、帰る頃に急激に天気が荒れ出した。

幸福に満ちていたはずの晩秋の一日は、一瞬で悲劇へと変わってしまったのだ。

「……っ！」

緋生は唇をきつく噛《か》みしめた。

日が暮れて轟《とどろ》き始めた遠雷が耳障りだった。いつもいつも、雷の振動は緋生の頭痛を悪化させる。

今は七月。事故の起きた秋ではない。

頭ではそうだとわかっていても、頭痛とともに、凄惨な記憶が呼び覚まされる。

帰り道、雨風の吹き荒れるがらんとした大通りで、一家の乗った乗用車がスリップ事故を起こした。

泥と血と雨の入り混じった匂いが、今でも忘れられない。

事故が起こる寸前、父が、ブレーキが利かないと叫《さけ》んだ声は、雷の音にほぼかき消されてしまっていた。そして訪れた、雷が直撃したのかと錯覚するような衝撃と衝突。

そのとき彼はおくるみに包まれて眠る伊生を膝の上に乗せていたのだが、咄嗟《とっさ》に腕の中に抱えこんで庇った。

後部座席の隣では爽子が緋生の肩にもたれてぐっすり眠っていて、父親は運転席に、お宮参りで疲れてしまった継母も助手席でうとうとと居眠りをしていた。

一瞬の強烈な衝撃のあと、しばらくの間緋生は気を失っていたのだろう。

気がついたときには横転した車体から放り出され、うつ伏せになった腕の中に伊生を抱えこんでぬかるみの中に倒れていた。

肋骨のどこかが折れていることは、激痛で感覚的にわかった。

肩も背中も腕も、どこもかしこも強く痛んでまともに息をつくこともできない。

濃い血の匂いが鼻をつく。

伊生は緋生の腕に守られて、弱々しく泣いている。

「伊生、怪我をしたのか……爽子、無事か？　どこにいる……!?」

辺りは焦《こ》げ臭く、ざあざあと降る雨に打たれながら緋生は、激痛をこらえて顔を上げる。

緋生の視線の先、逆さまになった車体の下で、両親が絶命していた。

ぴくりとも動かない、投げ出された腕。

「父上――継母《はは》上……っ!?」

愕然《がくぜん》と目を瞠《みは》る。

継母の伸ばした手の先で、黒髪を血に染めた妹もすでにこときれて、亡骸《なきがら》が雨に濡《ぬ》れていた。

「――爽子、爽子っ……！」

呻《うめ》いた際にひどく咳きこみ、吐血する。このぶんでは、肺も損傷しているのだろう、と緋生はどこかひとごとのように思う。だが、自分は死んではだめだ。伊生が泣いている。

腕の中に残された、たったひとりの弟のために。

自分までもがここで死ぬわけにはいかない。守ってやらなければ。

「伊生…………！」

緋生は歯を食い縛り、思うように動かせない身体に鞭《むち》打って、なんとか起き上がろうとした。両親の遺体を車の下から退《ど》かしたい。妹の亡骸も、雨に打たれない場所に移してやりたい。

そう思うのに、身体がちっとも言うことを聞かないのがもどかしくて悔しくて、無力感に打ちのめされる。

一瞬の惨劇――この国を守るために軍務に就いたというのに。

家族を事故から守ることもできずに、何が軍人だ。

だからこそ。

「伊生、お前だけは……お前だけは、何があっても守ってやる…………！」

伊生が生き残っていなかったら、緋生はその場で力尽きていただろう。

物音からして救助隊が駆けつけている気がするが、視界が霞《かす》み、何も見えなくなっていく。

伊生だけでも、助けてやりたい。願いはそれだけだった。

自分はどうなってもいい。

伊生を――弟を、助けてくれ。

薄れゆく意識の中で緋生は、言葉にならない祈りを、全身で叫んだ。

緋生が病院に収容されたときは、生還を絶望視されるほどの重態だった。

そして数日は生死の境をさまよったものの、その後、緋生は意識を取り戻した。

肩や腕に傷跡が大きく残ったが、あっという間に命を奪われてしまった両親と妹に比べれば、そんなことはどうでもいい。緋生が命がけで守った弟も重傷を負っていたが、軍医たちの手当の末、なんとか無事に退院することができた。

ただし伊生の足には重い後遺症が残り、歩くことはおろか、満足に立つこともできない。

そして自動車の強い揺れ、急ブレーキ、雷。事故を思い起こさせるものすべてが、今でも緋生の心と身体をかき乱す。

文机の前で緋生は頭を抱え、ため息をついた。

「僕も、まだまだだな……」

伊生が万が一にもでも怪我をするような事態になると、緋生は冷静ではいられなくなってしまう。

事故のせいかそれとも生来のものなのか、足以外にも、伊生はとても身体が弱くて食もほそかった。

ちょっとしたことで熱を出して寝こみ、すぐに衰弱してしまう。

緋生は柏木や蕗たちと毎日細心の注意を払い、壊れ物を扱うように弟を大切に育ててきたのだ。

そのため、この腹違いの弟は——同じ年頃の友人たちと遊ぶこともなく、都築の屋敷の奥深く、大人たちに囲まれておとなしく、妙に遠慮がちな性格の子供に育っている。

このままでは良くないと、それは緋生本人も重々承知しているのだけれども。

「……この程度のことで動揺してスズメさんも伊生も叱りつけるなど、情けない」

ふーっと、深く苦いため息をつく。

「――旦那さま。よろしゅうございましょうか」

蕗が、襖の向こうから躊躇《ためら》いがちに声をかけてきた。

「蕗か。しばらくひとりにしてくれと言っただろう」

「痛み止めのお薬湯をお持ちいたしましたから、それだけでも」

「……わかった」

書斎に入ることを許可された蕗が、湯気の立つ湯飲みを載せた盆を、そっと緋生の脇へ差し出す。

いつもは緋生は、頭痛がするとき何も飲まない。この頭痛が、病気のせいではないと知っているからだ。心因性のものなのだから、彼自身が落ち着くまでは治らない。

薬草を煎じた苦い湯を啜《すす》ると、蕗が静かにその様子を見ている。

「――あのふたりはどうしている。伊生は泣きやんだか」

「ええ、奥さまがお慰《なぐさ》めになって。この薬湯も、奥さまが煎じてくださいましたの。頭痛によく効く薬湯があるからと、厨房でお手ずから」

緋生がゆっくりと湯飲みを空にして、盆の上に置いた。

「そうか」

「それから、こんなときではございますが……先ほど、大旦那さまのお従弟《いとこ》さまからお電話がございました。ご結婚のお祝いを申し上げに、近々お伺いしたいとのことでございます」

「断ってくれ」

緋生はきっぱりとそう指示する。非常識と一部の人々から眉をひそめられることを承知のうえで、緋生は、都築家の親類縁者を婚礼に招かなかった。

「蕗、もうお下がり」

蕗はそれ以上何も言わず、黙って頭《こうべ》を垂れた。

せっかくスズメの心づくしの薬湯を飲んで治まるかと思った緋生の頭痛が、一層ひどくなる。

「あの人たちも、まったくしつこい………」

彼らは、都築家の豊かな財力に執着している。

直系の長男である緋生が受け継いでいるのだから親族には権利はないのに、緋生が若いのをいいことに、なんとかして少しでもかすめ取ろうとあの手この手で迫ってくる。

彼らの薄汚い欲望をまざまざと見せつけられて以降、緋生は、親戚付き合いを完全に断ち切って今に至る。

「スズメさんたちが狙われないよう、手を打っておかないといけないだろうな」

できることなら今、緋生はスズメのあの晴れやかな笑顔を見、朗らかな声を聞いて癒《い》やされたかった。

だが頭痛のひどい今、誰にも会いたくない。

緋生は苛立《いらだ》ちをため息に変え、目を閉じた。

＊

緋生が生死の境をさまよっている間――その間に引き起こされた都築家の親族たちの相続争いは、吐《は》き気がするほど醜悪なものだった、と柏木が淡々と語る。

「そのような話は、世間一般的には珍しくもございません。よくある醜聞でございます」

でもその目の奥には怒りが、軽蔑が、義憤が漲っていた。

都築家の財産は、緋生と伊生にのみ相続されるべきもの。けれどそれだけの財力は、親類の大人たちにとっては大層魅力があるものらしかった。

裕福な家系といってもそれぞれ格差があるし、もらえるものならばできるだけ多く受け取りたい、と――亡くなった三人の死を悼《いた》むふりをしながらその裏で、壮絶な遺産相続争いが繰り広げられた。

それは言い換えれば、緋生と伊生の死を望むことでもある。

生き残った兄弟は、彼らにとってはすでに邪魔者、厄介者扱いだった。

スズメは泣き疲れて眠った伊生を膝の上に抱きかかえたまま、じっとその話に耳を傾《かたむ》けていた。

「緋生さんが親戚付き合いはしないって言って、私に誰も紹介しなかったのはそのせいだったのね」

座布団に座ったスズメの肩にしがみつくようにして、伊生が眠っている。

小さな身体が冷えないよう、スズメは自分のショールで伊生を包みこんだ。

「重いでしょう。伊生さまをお部屋にお戻しして参りましょうか」

柏木がそう言うのを、スズメは首を振って断った。

「いいえ。もうちょっと、こうして頭を撫《な》でていてあげたいの」

伊生は兄上を怒らせてしまった、嫌われてしまった、と、夕食も摂らずにずっと泣いていた。

やわらかい頬に、まだ涙のあとがくっきり残っている。

宥《なだ》めてあやすのに、何時間かかったことだろう。

奥座敷の明かりの下、伊生を抱き締めて慰めてやりながら、スズメは柏木に、初めてこの事故のあらましを教えてもらっていた。

大きな一枚板の座卓に、スズメのために用意されたお茶が手つかずのまま置いてある。

その湯気の向こうで、柏木が続きを話し始めた。

黒檀《こくたん》の家具の揃《そろ》った奥座敷の上座には、綺麗《きれい》な透かし彫り細工の仏壇が、きちんと安置されている。

緋生も伊生も、毎朝この仏壇に手を合わせて線香をあげることを欠かさない。

スズメもご挨拶《あいさつ》を済ませたあと、お水やお供え物を取り替えたり、季節の花を飾ったりするのが嫁いできてからの日課になっていた。

「旦那さまの実のお母上さまの末の妹君が、美和子《みわこ》さまでございます。大旦那さまが築いた私財のほか、美和子さまのご実家から譲られた不動産などもあって、当時でも相当の財産がございましたが……旦那さまが入院なさっている間に、権利書を奪おうと暴漢が襲撃してきたことも何度かございました」

事故の悲しみも傷も癒えないうちに、次々と降りかかる災厄。

緋生がどれだけ傷ついたかと思うと、スズメは居たたまれない。

「病室に、不審者が忍びこもうとしたこともございました。そして決定打となったのは、伊生さまが誘拐されたことでございます」

幸い数時間で犯人が逮捕され、赤子の伊生は怪我ひとつせずに保護されたというけれど。

「信じられない……！　伊生さんを攫《さら》って、身代金でも奪おうとしたの？　それとも、緋生さんに言うことを聞かせるために、人質にでもしようとしたっていうの……!?」

スズメの声音が、怒りに震える。

都築家の親戚たちが、事故に遭い、つらい思いをしている緋生たちに誰も寄り添おうとしなかったというのなら、緋生が縁を切ったというのも頷ける。

「緋生さんが親族を毛嫌いしているのは知っていましたけど。そういう理由があったからなのね。納得しました」

私も、そういう親族ならいりません、ときっぱり答える。

「お母さまを亡くしているから私も、家族を亡くす悲しさやつらさはよく知っているわ。それなのにそんなことをするなんて、ひどすぎるわ。嫌って当然よ」

怒りのあまり、少し声が大きくなってしまったらしい。

スズメの肩に頬を擦《こす》りつけるようにして、伊生がうっすら目を開ける。

「あね、うえ………？」

「ごめんなさい、起こしてしまったわね。寝ていていいのよ、伊生さん。大丈夫。何も心配することなんてないわ」

優しく優しく、背中を摩《さす》って寝かしつける。この優しいぬくもりに、伊生はずっと飢《う》えていた。

兄の手も柏木の手も蕗の手も、優しいけれども母親とは違う。無意識のうちに伊生はスズメに、写真でしか見たことのない母親の面影を重ねている。

伊生が再びすうすうと寝息を立てだしてから、スズメは柏木のほうへ向き直った。

「それで緋生さんは、事故を思い出させるようなことがあると頭痛が起きてしまうのね？」

「さようでございます」

怪我自体は、跡を残しながらも治った。

でも心の傷はまだ癒えておらず、ことあるごとに疼《うず》いて血を流す。

子供ではなく、十九歳という年齢の一人前の男性だったからこそ、家族全員を助けられずおめおめと生き延びた自分を、緋生は心のどこかで恥じているのだ。

スズメは緋生の胸の奥で、未だ血を溢《あふ》れさせている深い傷跡が視えるような気がした。

「——親戚は頼りにならなくても、柏木さんや蕗さんたちがいてくれて良かったわ」

「いえ……何のお役にも立てず、不甲斐《ふがい》ないことでございます」

「そんなことないわ。緋生さんはきっと、心強かったはずよ」

夢を見ているらしい伊生が、スズメの肩に頬を押しつけたまま、小さくつぶやく。

「父上……」

そして。

「母、上——……」

生後数ヶ月で両親に死に別れてしまった伊生は、夢の中でしか両親に会えない。

「……かわいそうに」

スズメはたまらなくなって、伊生の身体をぎゅっと抱き締めて、肩を震わせて泣いた。

緋生は書斎に閉じこもったまま、ひそとの物音もしない。

静かな、悲しい夜だった。


——もう何日、緋生さんとお話ししていないかしら。

緋生が、半分以上宿舎に泊まりこむような日々が続いていた。

陸軍でも一目置かれている緋生は、その明晰《めいせき》な頭脳と腕を見こまれて、重要な任務を与えられることが多いのだそうだ。

この秋は軍の式典や特別任務などが続くことはあらかじめ決まっていて、その話はスズメも聞いていたけれど。

予定よりずっと早くに呼び出しがかかり、緋生が多忙を極めるようになったのは、二輪車騒動の翌日のことだった。

そのためスズメはまだ、緋生とそのことで話をしていない。

朝まだ明け切らないうちに呼び出されて以来、緋生が屋敷にまともに帰ってくる暇もなくなってしまったからだ。

スズメを避《さ》けているのではなく、時々こういうことがあると使用人一同が口を揃えて慰めてくれるけれど、スズメはなんとなく気持ちが沈みこんだままだった。

――忙しいのはわかるけど、夜遅くに帰ってきても自分のお部屋で眠って、朝も私が目を覚ます前に出かけてしまうんだもの。同じ屋敷に住んでいるのに、顔も見られないなんて……避けられていると思わないほうがおかしいわ。

でも、今日は夕餉《ゆうげ》に間に合う頃には戻ってくる。

あらかじめそう使いの者から聞いていたから、スズメは伊生にせがまれて一緒にうどんを打っていた。

今夜こそ緋生に得意料理を振る舞いたいし、三人揃って食卓を囲みたい。

改めて緋生を驚かせてしまったことを謝りたかったし、頭痛がその後どうなっているのかも心配だった。

伊生は兄の留守に慣れていて、案外けろっとしたものだ。

「兄上も喜んでくれますね、きっと」

だいぶお手伝いが板についてきた伊生が、鼻先を粉だらけにしながら、僕、汁粉屋《しるこや》に行ったことがあるんですよと告げる。

以前スズメが緋生と一緒に出かけた甘味処《かんみどころ》に、伊生も連れて行ってもらったらしい。

伊生の話を聞く限りでは、祝言を挙げる数日前のことのようだった。

「自動車で行って、通りで停めてもらって。店内に車椅子《いす》が入らなかったので、自動車を降りたあとは、ずっと兄上に抱っこしてもらったんですよ」

そこで初めてソーダ水を飲んだのだと、伊生が嬉しそうに、身振り手振りを交えて語る。

スズメとの結婚が決まってから、緋生は弟に何かと、スズメのことを話した。

「とても元気な人だから、きっと仲良くなれるだろうって、兄上が仰《おっしゃ》って」

「まあ。緋生さんがそんなふうに仰ったの？」

スズメは恥ずかしくなってきてしまった。

仲の良いふたりのお喋《しゃべ》りを、蕗や厨房の女中たちがくすくすと笑いながら聞いている。

伊生が前のめりになって転んでしまわないよう、蕗が伊生の背後に控えているが、このところは必要以上に手を出さない。

「だから僕、祝言の日が待ち遠しくてしょうがなかったんです」

花嫁行列が都築邸に到着したときのことを、伊生は今でも忘れられない。

「姉上、とっても綺麗でしたね。真っ白でふわふわしていて、お花みたいでしたね」

伊生がこうして無邪気に懐いてくれるから、ずいぶんと救われている、とスズメは思う。この義弟がいてくれなかったら、スズメは緋生が留守の間、こうも明るくは過ごせなかっただろう。

「伊生さんは、お口がお上手ね。緋生さんとそっくり」

でも、緋生の名を口にした途端、スズメの顔がふっと曇る。

緋生のいない夜を過ごすたび、スズメから笑顔が消えていく。

そのことに、使用人たちは皆気づいていた。

しばらく雨続きだったこともあって二輪車は片付けられ、スズメは毎晩、夫婦の広い寝室にひとりで眠っている。

緋生は時間が不規則なので、スズメを起こさないよう書斎の奥の寝間を使う。

短い睡眠を取ったあと、スズメと言葉を交わす暇もなく、官舎に舞い戻ってしまうのだ。

嫁いできてすぐにこんなにも長くほったらかしにされれば、どんな気強い女性だって心細くもなるだろう。

蕗が見かねて口を挟む。

「今日こそ、旦那さまとゆっくりお話をなさいませ。旦那さまもきっとそのおつもりでいらっしゃいますわ」

「ええ。ありがとう」

弱々しく微笑《ほほえ》んだスズメが、うどんを打つ手を再び動かし始める。そこへ柏木が、少々言いにくそうに伝言を持ってきた。

「おや、柏木家令。旦那さまがもうお帰りになりましたの？」

「いえ、その……ただいま、使いが参りまして。旦那さまは本日も、お帰りが遅くなるかもしれない、とのことでございます。少なくとも、お夕飯の時刻には間に合わないと連絡がございまして」

「え〜っ⁉」

伊生が、あからさまにむくれる。

「今日こそは、早くお帰りになるって言ったのに！」

伊生は最近、あまり泣かなくなった。

以前はなにかあるとすぐめそめそとしていたのだが、このところはきはきとしたスズメの影響を受けてか、感情をはっきりと表に出す。

ぷーっと膨れる伊生を困ったように見つめ、柏木が口調を和らげた。

「仕方ないのでございますよ。旦那さまは軍にとっても、なくてはならない方でいらっしゃるのですから」

夜遅く――伊生に絵物語の読み聞かせをして寝かしつけたあと、スズメは、都築邸のとある場所に隠れていた。

隠れていたというのは、ちょっと違うかもしれない。

ただ、ひとりになりたかった。

いつも過ごしている奥座敷は、使用人たちが出入りする。寝室は許しがない限り誰も入ってこないものの、緋生のいない寝室にはいたくない。

狭い場所にすっぽりと嵌《は》まって、膝を抱える。

「……うばやに会いたいなぁ……」

あのふっくらとした手で抱き締めてもらいたかったし、いつもの福相で話を聞いてもらいたかった。

でもその乳母は、今は蓮実《はすみ》邸にいない。

乳母の里は北国だ。

スズメは実際に行ったことはないが、東京《とうきょう》の駅から汽車を乗り継いで半日かかる距離だと聞いたことがある。

「お父さまも、今は東京にいないし」

先日届いた手紙によると、克哉《かつなり》は仕事のために遠方へ出向いているそうで、しばらくこちらへは戻らない予定らしい。

克哉と乳母と家令と、使用人たち。

楓子《ふうこ》を始めとする女学校の友人たち、厳しいけれども優しかった教師陣、蓮実邸の近所の住民たち。

今までスズメが慣れ親しんでいた人たちと離れて、もうだいぶ経つ。

今まで自分はとても温かい環境に包まれていたのだと、今更ながらに痛感する。生家にいるときスズメは、こんなに寂しくなったことなどなかった。

日向子《ひなこ》が亡くなったときも、皆がスズメに寄り添って寂しくないよう支えてくれていたのだ。

克哉に会いたい。

乳母に会いたい。

そして誰より、緋生に会いたかった。

日中だったら、スズメは考えなしに外に飛び出していたかもしれない。でも今は夜だ。

暗闇が怖くて、明かりなしでは庭先に出ることもできない。

茶箱だらけで狭い隠れ家の、大きな箱と箱の隙間に埋もれるようにして、スズメは持ちこんだカンテラの明かりをじっと見つめる。

廊下にいっぱい置いてあるうちのひとつを、黙って拝借したものだ。

この場所には電気が通っていないから、カンテラの火が消えてしまったら真っ暗になってしまう。

使用人の多い都築邸でもさすがにここはひとけがなくて、少し怖い。

それでも、寝室には戻りたくなかった。

伊生を寝かしつけたあと、大抵はスズメも寝室に引き揚げるのだけれど――あのがらんとした寝室にひとりで眠るのは、もう堪えられない。

寄る辺ない気持ちをどう処理したらいいのかわからなくて、スズメは立てた膝に顔を埋めた。


不意に、邸内が騒がしくなった。

高い足音が近づいてきたかと思うと、片っ端から力任せに引き戸を開け放つ音が聞こえる。

やがてその音が近づいてきて、スズメが隠れている一番端の納戸の戸が開いた。

「――柏木。ここにいた。皆にもう探さなくていいと伝えてくれ」

そう外に声をかけてから、緋生が、険しい顔つきのまま室内へ入ってくる。

軍帽を脱いでいるが、ほかは軍務のときと変わりない出で立ちだ。

夜も更けて帰宅して、そのままスズメを探し回っていたようだった。

緋生が、手にしていた石油ランプを天井から下がっている鉤《かぎ》に引っかけて吊《つる》す。

納戸の中が一気に明るくなって、だからスズメには、緋生が厳しい表情を浮かべているのもよく見えた。

スズメは大きな木箱の隙間に挟まっていてしかもうつむいているから、顔はよく見えないだろうけれど。

「部屋にいないので、皆がずっと探していたそうですよ。どうしてこんなところにいるんです」

緋生が入ってきたのは、屋敷の屋根裏近くにある、いくつも並んだ納戸のうちのひとつだ。

普段使わない調度類がしまってある場所で、衣替えや虫干しの季節でもない限り誰も近づかない。

「それも、そんな狭いところにわざわざ嵌まって……さあ、出ておいでなさい」

弾《はじ》かれるように、スズメは首を振った。

あんなに会いたかったのに——何故《なぜ》か今は、緋生に会いたくない。

会いたいのに会いたくない。

自分の気持ちを持て余して、スズメは緋生に背を向け、隙間のもっと奥へ潜《もぐ》りこもうとした。

指先で前髪をくしゃっとかき乱した緋生が、茶箱の前に片膝をついた。緋生の身体では大きすぎて、狭苦しい隙間へ入ってこられない。

「怒っているんですか？　僕がしばらくあなたを放っておいたりしたから」

「——お仕事が忙しかったんでしょう。怒ってなんかいません。妻は、夫のお仕事には口出ししないものです」

「それならどうして泣いているんですか」

「泣いてなんかいません！」

「泣いているでしょう」

頑固にも背を向けたまま、スズメは両手の甲で涙を振り払った。

「……どうして、ここがわかったの」

「――屋敷にやっとのことで帰り着いたら、あなたがいないと家中大騒ぎになっていたんですよ」

柏木などは、スズメが外に飛び出していったのかもしれないと案じて中庭のほか、錠を下ろした外門の辺りまでをも人を見にやっていた。

女中たちは邸内のあらゆる部屋を見て回り、茶室にも厨房にもいない女主人を捜しあぐねていた。暗いところが苦手だと知っていたから――緋生は報告を受けてすぐさま、スズメは邸内にいるはずだと確信したのだとやや苦めの口調で話す。

「あなたは本当に隠れるのがお上手なんですね。納戸の奥なんて、普通思いつきませんよ。大人が隠れるには狭すぎますから」

藤棚《ふじだな》の上だったり納戸だったり、あなたの好む場所は想像もつきませんね――そう独り言のように言って、緋生がそっと片手を差し出す。

「出てきてくれませんか。あなたに会いたくて、山のような仕事をやっと片付けて帰ってきたんですよ」

「――嘘《うそ》よ」

「嘘じゃありませんよ。僕は嘘はつきません。しばらくの間、冗談抜きに手を離せなかったんです」

軍の重要任務に関わっている期間は、家人との接触すら控えなければならない事態もある。

スズメは身内に軍の関係者がいなかったので、そういった事情にはまったくといっていいほど通じていない。

伝言のひとつ、置き手紙のひとつもないのはあまりに薄情だと――だからてっきり、もう愛想を尽かされてしまったのかとひとり思い悩んでいたのである。

「でももうあなたに会いたくて会いたくて限界で、後処理を同僚に押しつけて帰ってきてしまいました」

峠は越えましたから、何も問題はありませんよ、と緋生が付け足す。

立ち上がった緋生が手を伸ばし、スズメを引っ張り上げて立たせてしまう。スズメは抵抗はしなかったものの、顔をずっと背けていた。

緋生が、困り果てたように眉尻を少し下げる。

「スズメさん。抱き締めてもいいですか」

「だめです」

「だめと言ってもします。これは僕の権利です」

「だめって、言ったでしょう……！」

あっという間に広い懐に抱き締められてしまった。

長い腕に包まれて、言いようもないくらいほっとする。

仕事帰りの緋生からはいつも、いろいろな匂いがする。移り香の煙草《たばこ》の匂いとインクの匂いと、刀身を手入れする丁子油《ちょうじあぶら》の匂い。

窓を開けていてもいささか埃《ほこり》っぽい軍舎に満ちる、汗と書類と武器の残り香。

緋生の吐息が、スズメの耳をくすぐった。

「……本当は、帰宅したその瞬間に、僕の腕に飛びこんできてほしかったです。あなたの明るい『おかえりなさい』が聞きたくて、それを楽しみに帰ってきましたから」

そう囁《ささや》く緋生の声は、かすかにかすれていた。確かに疲れているのだろう。

スズメが、ようやくのことで顔を上げる。

端正な面をよくよく見てみると、緋生の顔には疲労が色濃く滲《にじ》んでいた。

スズメは泣くのをこらえて、唇をきつく噛《か》みしめる。

緋生は戸惑っているような怒っているような複雑な表情のまま、そっと、そのスズメの唇を塞《ふさ》いだ。

「――寂しい思いをさせてしまって、すみませんでした」


つらいことを思い出させるようなことをしてしまったから――スズメが、考えなしだったから。

だから嫌われてしまったのかと思っていたの、とスズメが頼りない声で囁く。

寝室の寝床の上で、緋生は感極まったように、いじらしい新妻を強く抱きすくめた。

緋生の素肌の香りを胸いっぱいに吸いこんで、スズメはそれでもまだ足りない。

吐息ごと重ね合うように口づけを交わしながら緋生がスズメの裾を割り開き、自らのシャツの襟も片手で器用に開く。

「僕が、あなたを嫌いになるはずがないでしょう」

寝室にいても起きている間は、真夜中であっても明かりを灯《とも》す——それは、ふたりの間の約束だ。

泣きすぎて、その明るさが今のスズメにはちょっと眩しい。

そのせいだからと自分に言い訳して、スズメはひたすら緋生の大きくて広い肩口にしがみついて顔を埋めていた。

あまえたいからではない。

ただ、眩《まぶ》しいから。

電灯が眩しくて、目がつらいから。

緋生はそんなスズメの黒髪を指に絡め、その手触りを楽しんでいる。

無意識のうちに片手でとんとんと背中を叩《たた》いてあやすのは、スズメだけが気づいた緋生の癖だ。

きっと伊生を抱いてあやすことに慣れているから、手が勝手に動いてしまうのだろう。

「翌朝にあなたに謝罪して、薬湯のお礼も言いたかったのですが……今回の任務には守秘義務がありましてね。家族であろうとも、職務内容を告げることは御法度《ごはっと》なんです。それをあなたに伝えるのをうっかり失念していました。許してください」

緋生がいじわるで連絡を絶ったのではないとわかったから、スズメはもう泣いていない。

緋生が所属しているのは近衛《このえ》連隊だ。

守秘義務が重要なのは、スズメにも理解できた。

ただ、ひどく沈んだ声で尋ねる。

緋生の首筋に額を擦《こす》りつけるようにして、可愛《かわい》らしい声がくぐもった。

「これからも、こんなことがたくさんあるの？」

緋生はこれからも陸軍でどんどん出世していく。階級が上がるたびに、こんなふうに守秘義務が帯同する仕事は当然増えていくのだろう。

お国のためにすべてを捧げる——それが、軍人たる者の務めなのだから。

緋生が睫毛《まつげ》が触れ合うほど間近からスズメの目を覗《のぞ》きこみ、それからちょっと悪戯《いたずら》っぽく提案する。

「こういったときのために、秘密の合図を決めておきましょうか」

「秘密の合図？」

「そう。たとえば暗号ですかね。それを使えば、僕が直接言わなくてもあなたに伝言できるとか。もっとも任務に関することは一切口外できないですが……いつ帰れるかくらいなら、伝えても構わないでしょう。どうですか？」

「それはちょっと、楽しそうだわ。外国の小説に出てくるスパイみたい」

「そうでしょう？」

やっと笑顔を見せたスズメの額に、頬に、こめかみに緋生が絶え間なく口づけをしながら、折れそうに細い腰を愛撫《あいぶ》する。

身体を重ね、淫《みだ》らな触れ合いを続けるうちにスズメも悩ましい反応を返す。

足の付け根の際どい場所を触れられて、小さく悲鳴を上げた。

少しずつ緋生に教えられているものの、初恋もまだだったスズメは、このときの恥ずかしさを捨てることができない。

ただ、こんなふうに腰巻きを外されて自分も見たことがないような場所を露《あら》わにされるのは、これから狂乱の渦に巻きこまれる合図だとわかっていた。

無意識のうちに四肢に力が入る。嫁いでからというもの、肌を重ねる心地よさをずっと教えられてきたけれど——心のどこかに、乱れてしまう自分への潔癖な抵抗がある。

「スズメさん。そんなにきつく足を閉じないで」

片手で腰のベルトを外しながら水の滴《したた》るような、色っぽいことこのうえない声音を耳に直接吹きこまれて、スズメはぶんぶんと首を振った。

「無理！」

「僕を信じて。ひどいことはしないと、知っているでしょう？」

白いシャツのボタンを開けて、ズボンの前立てをくつろげただけのあられもない姿で、がっしりとした身体がスズメに隙間なく覆《おお》い被さる。

スズメは着物の裾を大きく割り開かれて腰巻きを取り去られてしまっている格好だから、皮膚の薄い、やわらかい下腹部が剥《む》き出しになってしまっている。

小さなおへそも、その下にある淡い茂みまでも。

緋生が、己の下肢をぴたりと押し当ててくる。

雄々《おお》しく猛《たけ》った屹立を、どくどくと脈打つものを直接下肢の付け根に押し当てられて、スズメは心臓が破裂しそうになった。

「ねえ、スズメさん。お願いがあるのですが」

「お願い？　なあに？」

太ももの裏から、背中にかけてを大きな手で丁寧に撫で擦《さす》られる。

小さな臀部を揉《も》むようにされ、その間緋生の腰骨はスズメの腰に密着したままだ。

スズメは知らず知らずのうちに腰を引き、上へ上へと身体が逃げてしまう。

身体を起こした緋生が、スズメの踵《かかと》を掴《つか》み、足の甲になんとも悩ましいしぐさで口づけた。

「足を開いてください。僕を受け入れるために、あなたが自ら身体を開く姿が見たい」

え、と、スズメが目を瞠《みは》る。

一瞬きょとんとして、それから、羞恥《しゅうち》に頬がかあっと染まった。

「な……っ、なんてことを、言うの……!?」

足の先の爪ひとつひとつを熱い口内に含まれ、スズメは悲鳴じみた声を上げた。

「それ、やめて……！」

少なくともスズメにとって足は、舐《な》めるようなところではない。

それなのに、どうしようもなく指先がじんじんと痺《しび》れて身体の力が抜けていく。

まるで海月《くらげ》にでもなってしまったかのように、背骨に力が入らないで蕩《とろ》けていってしまう。

「難しいことではないでしょう？」

慎ましく膝を合わせたままの太ももをそのまま軽く押し上げるようにして、その隙間に、緋生がいきり立つものを押し当てる。

花芯と蜜壺の入り口とを先端部分で擦《こす》り立てるように刺激されると、緋生の飾り毛もスズメの飾り毛もしっとりと濡《ぬ》れて光る。

ぬち、くち、と蜜をこね回すような水音が聞こえて、スズメの息が上がった。

こんなことをされていたら、あっという間に全身の血が沸騰してしまいそうだ。

恥ずかしい、恥ずかしい――泣き叫《さけ》んで、逃げ出してしまいたい。

でも。

その先に、子供のままでは知りようもなかった快楽が、悦楽があることを、緋生から教わった。

女性の本能が、それを餓《う》えてほしがる。

緋生自身によってたっぷりと潤され、果てを迎えるまで、この焦《じ》れたような熱は続くのだ。

「僕がどんなにあなたを愛しているかを、じっくり教えてあげますから。ね……？」

スズメはもう、ぐうの音も出なかった。

緋生の声には、スズメを操る魔力のようなものがあるのかもしれない。

どうしても逆らえない。

恥ずかしくて泣きたくなるようなことでも、従いたくなってしまう。

戸惑いながら、躊躇いながら、スズメは思い悩んで心を決めた。

「……恥ずかしいから、あんまり……見ちゃだめ」

無駄だとわかっていても一言釘《くぎ》を刺して、スズメは太ももの裏に手を添え、おずおずと足を少しだけ開いた。

膝立ちになった緋生がその初々しい媚態《びたい》を、食い入るように眺《なが》める。

寝室の電気を消さないでいるのは、緋生にとってまったく好都合だった。愛しい新妻のこんなに悩ましい様子を、はっきりと見られるのだから。

お義理程度に足を開いたスズメは顔を真っ赤にしたまま羞恥に堪え兼ね、顔を横向けて緋生の視線から逃げた。

緋生は遠慮なく、その美しい痴態《ちたい》を堪能する。

乱れた襟もとから汗が流れて、小ぶりの胸の谷間へと消えていく。

緩んだ帯のすぐ下から着物は大胆に開かれ、可愛らしい下腹部からすらりと伸びた足先までが、惜しげもなく緋生の視線に晒《さら》されている。真っ白な太ももが、恥ずかしげに震えているのが言いようもなく淫《みだ》らだった。

燃え盛るような熱を帯びた楔《くさび》がぐぶっと潜りこんできて、スズメはぎゅっと目を瞑《つぶ》る。

身体を開かれるこの感覚には、まだ慣れない。

「あ………っ」

他人と身体を繋《つな》げるという違和感。

快感よりも苦しさのほうが勝っていて、怯《おび》えと、これから訪れる快感の予感とに翻弄《ほんろう》される。

汗が玉のように噴《ふ》き出す白い背中を励ますように撫で下ろしながら、緋生は焦《あせ》らずゆっくりと腰を進めた。

「――スズメさん、息を詰めないで」

緋生の大きな身体の下で、スズメの全身がびくびくと跳ねる。

奥の緊張を解くように、緋生がスズメの胸に唇を寄せる。

獰猛《どうもう》な舌使いで左右の胸の先端に交互に悪戯すると、スズメの背中が緩やかにしなやかに痙攣《けいれん》して仰《の》け反《ぞ》った。

「んぅ………！」

いく。

「ゆっくり、息を吐いて」

スズメは特に耳が弱いらしく、囁きを吹きこみながら舌先でくすぐると、下肢の強ばりが解けていく。

緋生の分身をスズメの内部がしっとりと包みこみ終えるまで、熱くきつい蠢《うごめ》きを堪能する。

緋生がスズメの胸を両手でやわらかく揉みしだくと、スズメがいやがるように首を振った。

腰が不規則に跳ね上がり、緋生の下半身を誘うように締め上げる。

それに呼応するように、緋生の昂《たか》ぶりがスズメの中でぐっと硬度を増した。

「嫌っ、動かないで……っ」

緋生を最奥まで受け入れたスズメが重量感に大きく喘《あえ》ぐと、激しく身体を揺さぶられて、担ぎ上げられたままの爪先がぎゅっと丸まる。

「待って、まだ待って緋生さん……！」

「寂しがり屋の妻を不安にさせないためには、疑う余地もないくらい熱愛するのが一番手っ取り早そうですね。とことん愛して、僕の心の中にはあなたしかいないのだということを証明しましょう」

臆面もない緋生の言葉に、息を切らせながらもスズメが反論した。

「緋生さんを、疑ったわけじゃないわ……っ」

「でも、僕に嫌われたと思ったのでしょう？」

「だって」

「『だって』はなしです」

「でも」

「『でも』もだめ。永遠にあなただけを愛すると、誓いを立てたはずですよ」

小さな膝に軽く噛みつく。

スズメの白い背中が、ふるりと震えた。

「それは、そうだけ、ど…………っ」

鞭《むち》のようにしなやかな男の体躯《たいく》が華奢《きゃしゃ》な身体を組み敷き直し、手荒なくらいの律動を開始する。

汗に濡れるずっしりとした肌の下、逃げ場のないスズメは緋生の腕の中で身悶《みもだ》えた。

仕方がないのだとわかっていても、このときの水音は聞くに堪えない。

「だめ、そこ……奥、いやぁ……っ！」

激しい抜き差しでスズメを翻弄しながら、緋生はもう耳を貸さない。

愛する女性を貪《むさぼ》ることに集中し、腰を揺すり立て、小さな胎内に叩きつけるように快感を送りこみ、同時にめくるめくような快楽を目を眇《すが》めて味わう。

スズメは今まで経験したこともないような激しさに喘ぎ、仰け反り、もがくしかない。

緋生の顎先から滴った汗が、スズメの胸に散った。

「動いちゃ、だめ…………っ」

「わがままを言うと、もっと強くしますよ」

「そんなことをしたら私、壊れちゃうわ……っ」

しなる腰を何度も打ちつけられて、怖がって緋生に抱きつく。

「やだやだ、強いの、やだ……！」

まだ大きすぎる快楽の受け止め方も逃がし方も知らないから、戦慄《わなな》きながら緋生にしがみつくしかない。

その縋《すが》りつく指の必死な力が、緋生には愛しくてたまらない。

「怯えないで。わかりましたから、落ち着いて」

緋生はスズメを抱き締めてあやしながら、ゆっくり腰を引いた。

「ゆっくりしますから、怖がらずに快楽を受け入れなさい」

そんなことできないと音を上げても許されずに、ゆるゆると挿入を繰り返されて、スズメの意志とは反対に蜜口が綻《ほころ》んでいく。

スズメの下肢から零れ出た蜜を指先ですくい取ると、スズメが泣き出しそうに顔を歪《ゆが》めた。

「や……！」

「大丈夫。これは恥ずかしがるものではありませんよ。むしろ、営みに身体が慣れてきた印のようなものです」

満面の笑みを浮かべた緋生がスズメに接吻《せっぷん》しながら、赤く充血した花芯にまで手を伸ばした。指先でこね回したり押し潰《つぶ》したりと淫猥《いんわい》な戯《たわむ》れを繰り返し、慣れないスズメの新鮮な反応を楽しんでいる。

緋生は先ほど宣言したとおり、急がなかった。

時間をかけて、じっくりとスズメを蕩けさせていく。

そのほうが男性特有の器官の形や熱をありありと感じさせられてしまって、いっそ乱暴にされてしまうほうが羞恥心は少ないに違いない。

「それ、いや！」

つぷつぷと、身体の最奥で蜜が押し潰されるような音が聞こえて、堪えきれずに手足をばたつかせ——それがまともに子宮を刺激して絶頂を迎えてしまい、スズメは全身をびくびくと波打たせながら大きく呼吸した。

「……っは……、ぅ……っ！」

「……暴れるからですよ」

ぐっと腹筋に力を入れて解き放つ誘惑に堪えた緋生が、スズメの細腰を両手で抱えて半ば強引に揺さぶる。

「そんなに揺らしちゃ、だめ…………！」

「——まだですよ。もっともっと……いっそあなたが溶けてしまうくらい、濃厚に愛してあげたい」

「びりびり、する……！」

「どこがですか？　痛い？」

「痛くないけど、どこかわかんない……」

スズメはもう、呂律《ろれつ》が回らない。

自分の奥深くで、緋生のものがどくどくと脈打っている——しかも、解放の瞬間はもう間近に迫っている。

それをはっきりと感じ取ってしまって、正気を保っていられるわけがなかった。

頭がくらくらして、身体がふわふわして、意識が官能に埋め尽くされる。

「もう終わりにして、おねがい」

これ以上無体なことをされたら、スズメの心臓はきっと壊れてしまう。

身体の内側から花火のように爆《は》ぜて、砕け散ってしまう。

スズメの懇願に、緋生はふっと微笑《わら》って首を振った。

「だめです。こんなのは、まだまだ序の口なんですよ」

「まだ……っ？」

身も心も溶けてしまっているというのに、緋生はこれ以上どうしようというのだろう。

わからなかったけれど、それを追求する余裕はスズメにはなかった。

緋生が優しく囁きながら、腰を淫蕩《いんとう》に突き動かして最奥を抉《えぐ》る。快楽の泉を直撃され、頭の中が真っ白に弾け飛ぶ。

「……っ!?　……っ」

大人の手練手管を駆使する緋生の前に、スズメはひとたまりもなかった。

頭が痺れて、何も考えられない。

ただ、愛されていることがわかる——それだけだ。

それだけが、身も心もこのうえない幸福感にたっぷりと満たす。

頭の芯も身体もあまい電流が走って、知らず知らずのうちに自ら腰を揺らめかせ、自分でも快楽を追い始める。

緋生はそれを見て目を細め、淫靡《いんび》に囁いた。

「もっと激しくしても……僕を許してくれますね？」

悩ましく胸を喘がせながら、スズメは舌足らずの口調で返す。

「うん……緋生さんなら、何をしても、ゆるしてあげる」

「本当ですね？」

その言葉に箍《たが》が外れてしまった緋生は、何度も抱き合う体勢を変えて、明け方近くまで遠慮のない交わりを続けた。

そのためスズメは翌日、約束を破ってちょっとだけ怒った。

【6】

数日後、緋生《ひお》が出勤したときには、官舎はなんだか妙な空気に包まれていた。

他の部署の士官たちが遠巻きにして、

「おい。あの男だろう？　都築《つづき》家の御曹司とやらは。先日の特別式典で見かけたから顔は覚えている」

「なるほどなあ。財産の次は家名というわけだ。あっぱれな手腕と言うべきなのかもしれんが、いささか気に入らないね」

「涼やかな見た目と違って、腹の中は相当黒々としているようだな」

などと、ひそひそ囁《ささや》いている。

お世辞にも、良い雰囲気《ふんいき》とは思えなかった。

「おはようございます、渡良瀬《わたらせ》副官。何かありましたか？　今朝はずいぶんと変な視線を感じますが」

詰め所に入った緋生が同僚に挨拶《あいさつ》すると、ひとつ年上の渡良瀬仁《じん》が苦々しい表情を浮かべて近寄ってきた。

士官学校時代から気の合う先輩後輩として分け隔てなく付き合ってきた渡良瀬は、いつも朗々としていて気持ちのいい男なのだが、今朝は様子が違った。

凜々《りり》しく日焼けした顔を不快そうにしかめ、手に丸めた雑誌を持っている。

「やられたぞ、お前」

「はい？」

渡良瀬が緋生に雑誌を渡す。

怪訝《けげん》そうな顔をしながら、緋生がそれを広げてぱらぱらと目を通した。

毎朝、新聞には欠かさず目を通しているが、娯楽誌は守備範囲外である。当然、弱小社が出した粉飾だらけのゴシップ雑誌など、手が伸びたためしがない。

皺《しわ》だらけになった特集頁《ページ》の見出しに大きく、

『嗚呼《ああ》悲哀、借金のかたに売られた華族令嬢の哀《かな》しみ』『成り上がり軍人に金で買われた無垢《むく》なる花嫁御寮』などと、センセーショナルな文句が並んでいる。

掲載されている記事にはっきり、蓮実《はすみ》伯爵家令嬢、都築家当主と記されており、ご丁寧なことに隠し撮りらしき写真まで添えられていた。

緋生は顔色ひとつ変えずに頷《うなず》いた。

「なるほど――こういうことでしたか」

「平民上がりと華族の縁談なんて昨今じゃ珍しくなくなってきたが、お前の場合、軍隊でかなり特殊な立場だからなあ。お相手も名家だし、ゴシップ記者にとってはおいしいネタだったんだろう」

「まったくもって、迷惑な話です」

印刷されている白黒写真は画像が粗いが、緋生とスズメがデートしている姿を盗み撮りしたものらしかった。

結婚してからも休日のたびにあちこち出かけていたから、いつのまに撮られたのかまではすぐにはわからない。

「その背景、浅草《あさくさ》じゃないか？」

ああそうだ、と緋生も思い出した。

「花やしきに遊びに行ったときのもののようですね。それなら、ついこの間のことですよ。仕事が速いなあ」

おかしいな、と緋生が写真を検分する。

伊生《いお》が一緒にいたはずなのに、映っていない。

「子連れだとスキャンダルにならないからな。細工したんだろう。写真一枚、煽《あお》り文句次第で『ほのぼのとした一家団欒《だんらん》』が、『愛されていない夫に嫁いだ妻の、不幸な写真』に変わる」

「別に、ごく普通の休日なんですがね」

結婚した夫婦が行楽に出ているだけのことなので、誰に咎《とが》められる謂《い》われもない。

けれどスズメの顔も緋生の顔も後ろ向きに映って表情が見えないせいで、無理をすれば、不仲の夫婦のように見えなくもなかった。

それにしても、と緋生は腑《ふ》に落ちない。

「僕ら夫婦のことなんて新聞に書き立てても取り立てて誰も得なんてしないでしょうに。一体誰がこんなことを？」

それだよ、と渡良瀬が緋生の肩に腕を回して引き寄せた。

「先日、俺のところもやられただろう？」

渡良瀬の弟の類《るい》はまだ学生の身であるが、先日、誘惑に釣《つ》られて金銭詐欺《さぎ》に遭《あ》った。相手の口車に乗せられて花街へ連れて行かれ、知り合った若い芸者と恋仲になったものの――それは見せかけだけのもので、はっと気がついたときには後の祭り。

要は、ありったけの金を吸い上げられてしまったのである。

渡良瀬の家は新華族の家柄であり、由緒はないが羽振りはなかなかいい。

ただし高齢の父親が頑固で高圧的で、いろいろと問題を抱えている家庭でもあった。

「類くんの件ですか」

借金を返すために類は父親に援助を頼んだのだが、にべもなくはねつけられてしまって以降、まともに顔も合わせてもらえない。

困り果てた類が仁に打ち明けて、あとは弁護士を仲介することになったのだが、その頃から渡良瀬の近辺ではきな臭いできごとが続いている。

「不審な男たちが屋敷の周囲を時々うろついているし、嫌がらせをされた女中たちもいる。弟もひとりでいると危ないから、今は知り合いの別荘に預けている」

渡良瀬はこの件を身内の恥としながらも、早くから緋生に相談していた。

都築家の人脈はおおっぴらにはしていないが、軍内部のほか、政財界にも幅広く繋《つな》がっている。詐欺案件に強い弁護士を渡良瀬に紹介したのも緋生だ。そうでなければ類は、大学も中退しなければならなかっただろう。彼らは類を悪事に引きこむことこそが目的で、借金はそのための手段に過ぎない。

「向こうは、俺たちにお前が協力していることを嗅《か》ぎつけたんじゃないか？　それで揺さぶりをかけてきたんじゃないかと思っている。巻きこんでしまってすまない」

要するに、これ以上騒がれたくなければ手を引けという、顔も名前も知らない相手側からの要求だと渡良瀬は踏んでいるのだ。

緋生も内心はそうだと思ったが、あえて否定した。

くたびれた雑誌を、興味なさそうに返す。

「この程度のことを騒がれても、僕は痛くも痒《かゆ》くもありませんよ」

「お前が平気でも、奥方には……こういうふうに騒がれるのは、つらいんじゃないか」

そう言われると、緋生も弱い。

──類くんの件は組織的な案件の気もするから、柏木を使って内々に調べさせたりもしていたんだが……裏目に出たかな。

緋生自身は何を言われても馬耳東風、他人の戯言《たわごと》など雑音と思って聞き流せばいいと開き直った人生を送っているが、スズメは違う。

とても繊細で、時折ひどく脆《もろ》くなることがある。

彼女を傷つけてしまう事態だけは避《さ》けたかった──その点では、相手は緋生の弱点をうまく突いてきたと言える。

それはもう、腹立たしくなるくらいに。

「……どこに相手側の人間がひそんでいるかわかりませんから、しばらく官舎内でもこの話題は控えましょうか」

緋生の言いたいことを瞬時に読み取って、渡良瀬が指先で顎を擦《こす》る。

「そうだな。今まで軽率だった」

就業時間が近づいていた。

取り巻きを大勢引き連れた他部署の上官たちが、緋生の様子を観察するように詰め所の中を覗《のぞ》いていく。彼らは噂《うわさ》を聞いて、もうこのことを知っているのだろう。都築の名は、軍の内部では知らない者はない。

渡良瀬は、緋生の背中をばんと叩《たた》いて明るい声を張り上げた。

「弟君の歩行訓練、うまくいっているそうじゃないか。良かったなぁ！」

「ええ。これまでも医者が指導してくれていたのですが、妻が付き添っていると勝手が違うようです」

これは事実だ。聞き耳を立てられていても何の差し障りもない。

緋生もはきはきと、有能な若き軍人そのものといった態度で応じる。

「少しずつ自分の足で立つことができるようになってきまして、希望が見えてきましたよ。妻のおかげです」


楓子がスズメのもとを訪れたのは、その翌日のことだった。

「ではもう、ご存じだったのね」

楓子《ふうこ》がそう言って、ため息をつく。

結婚してからというもの楓子は、長かったお下げ髪をばっさり切ってカールさせ、大きくてモダンな耳飾りの似合う、立派な職業婦人になっていた。

嫁いでも三上《みかみ》家の専業主婦に収まらず、新聞社で働き始めてしまったところがとても彼女らしい。

「ええ……緋生さんが教えてくれたの。嫌な噂になってしまっているけど、事実無根だから気にしないでくれって。記事も見たわ。緋生さんは見せたがらなかったけど、お願いして見せてもらったの」

楓子はスズメのスキャンダル記事を見るなり、取るものも取りあえず、都築邸へ飛んできたのだ。

真っ赤な顔をして、目に悔し涙を滲《にじ》ませながら。

「誰が、こんなひどいことを書いたの」

「わからないけど……緋生さんのご同僚の事情に巻きこまれてしまったそうなの。謝ってくれたし、私のことも守ってくれるって約束してくれたから、平気よ」

気丈にそう言って微笑《ほほえ》むが、スズメの目は笑っていない。

それもそうだろう。

金で買われた華族令嬢、笑顔の消えた夫婦生活――。

スズメは一躍、悲劇の主人公に祭り上げられてしまっていた。

屋敷には取材申し込みの電話が何件もあり、中には門前近くで張り込みをしている記者までいる始末。

もちろん取材はすべて断っているが、記者というのはそれくらいで諦めるような人種ではないのである。

楓子は膝の上で、雑誌の誌面に目を落とした。

記事には品のない言葉がずらりと並び、写真まで添えられているのだ。

顔まではっきりと映っていないけれど、スズメの受けたショックは大きかった。

「その写真、ついこの間、浅草に行ったときのものよ」

茶室でお茶を点《た》てながら、スズメは楓子に説明した。

心がざわざわと不安なときは、お茶を点てるに限る。

柏木《かしわぎ》たちは若い女性ふたりの語らいに遠慮して控えていて、伊生もこの時間は家庭教師について勉強中だ。

「伊生さんも一緒に、話題になっている虎《とら》や象《ぞう》を見に行ったの。この写真は緋生さんと私しか映っていないけど、その下に車椅子《いす》がちらっと見えるわ」

「まあ、本当だわ」

楓子が雑誌を手に取り直す。

写真は、緋生とスズメがなにやら話しながら歩いているのを、斜め後ろから盗み撮りしたような構図だった。

「私、こんな写真を撮られた覚えはないのよ。撮られたことも気づかなかった」

伊生が映っていれば、何の変哲もない一家団欒の、微笑ましい休日の写真となったはずだ。

それをわざわざ悪意のあるように切り取って、スキャンダルに仕立てようとしている人物がいる。

そう思うと、スズメも楓子もぞっとする。

蓮実の父には連絡を入れておいたけれど、女学校時代の級友たちや教師たち、近隣の顔見知りの人たち、里に下がった乳母たちにも心配をかけているのではないかと思うと、気分はどんどん沈んでいく。

親友というだけあって楓子は、スズメがいったん落ちこむと、どんどん深みに嵌まっていってしまうことを知っていた。

変なところで、スズメはあまえ下手《べた》だ。

「緋生さんとも話し合って、取材の類《たぐい》は一切お断りすることにしたの」

「そうね。それははっきり拒絶なさったほうがよろしいわ。一言でも反応したら、それをおもしろおかしく騒がれるだけですもの」

根も葉もない噂話なら長くは続かないが、一度火がついた話題はおもしろがって炎上させられてしまうことも多い。

下手に反応すればそれが格好の燃料となってしまうことを、楓子は懸念していた。

「屋敷の周辺にも、見回りの人を増やしてもらっているの。おかげで少し落ち着かないわ」

「もし敷地内に不法侵入してくるようだったら、憲兵に突き出しておしまいなさい。遠慮なさることなんてないわよ」

そうするわ、とスズメも微笑して頷《うなず》いた。

人の噂も七十五日――今は黙って唇を噛《か》み、やり過ごすしかない。

純然たる恋愛から決まった結婚ではないので、真っ向から否定することもできないのがもどかしい。

昨夜のうちに、緋生からくどいほど言い含められたことを思い出して、スズメはつい、ふっと思い出し笑いをしてしまった。

「なあにスズメさん、何を笑っていらっしゃるの？」

「緋生さんに言われたの。『頼むからひとりで記者に食ってかかったりしないで、おとなしくしていてください』って。私、どれだけお転婆《てんば》だと思われているのかしらね」

「そうねえ。お転婆具合なら、わたくしのほうが上だわね」

楓子はおっとりとしているからとてもそうは見えないけれど、実はスズメよりかなり上を行く先進的な考え方の持ち主だ。

現に勘当同然で結婚し、社会に出て今や新人ジャーナリストだ。

「楓子さんのご実家の親御さんは、どうなさっていて？」

「この間、仕事ついでにご挨拶《あいさつ》に伺ってよ。この格好で」

髪を切り洋装した娘の姿に、古風な考えの両親は卒倒寸前だった、と楓子がからから笑いながら話す。

こうしていると女学校の生徒だった頃に戻ったようで、それでいて確かに時間が流れているのを感じる。

お互い実家の廂《ひさし》に庇《かば》われていた乙女時代を終えて、結婚して人妻になった。

これから仕事に、家庭にと実をつけていく。

少女小説で描かれていた未来のもっと先を、あまさも苦さも飲み下しながら、自分たちの手でひとつひとつ切り開いていくのだ。

楓子がスズメの点てたお茶を口に運びながら、いつものように笑う。

「妻ひとり養っていくこともできないのかって、両親は怒っていましたけど。そんなのもう時代遅れもいいところよ。わたくしはひとりの人間として、自分の目で見たものを記事に書くの。女には女の視点があり、強さがあるわ。それをしっかりはっきり突きつけたいの」

そうよね、とスズメも同意した。

時代は変わったと言っても、まだ明治以前の封建的な制度が色濃く残っていて、それを打破するのは容易ではない。

ことに女学校は、裕福な家の娘でないと入学することができないくらいの高等学校なのに、一部の人間からは非難されることも多い。

きちんと教養を身につけた女学校出身者は、生意気だの西洋かぶれした非愛国者だのと、あしざまに言われたり、ちょっとした嫌がらせをされることも珍しくなかった。

緋生や楓子の夫のように利口な女性を好ましく思う男性が増えた一方で、頭が固く、自分の意見を持つ女性を押さえつけようとする層がまだまだ幅を利かせていたのである。

特にこのふたりは女学校の級《クラス》でも進歩的な意見ばかりを堂々と述べるので、教師たちが手を焼いていたものだ。

そのふたりが揃《そろ》って退学したのだから、もしかしたら教師たちは今ごろ、おとなしい生徒ばかりで物足りない思いをしているかもしれない。

「この世の人間の半分は女性なんだもの。殿方ばかりのための世の中じゃないわ。楓子さんみたいな心ある記者に、私たちも世間を知ることができるような立派な新聞を作っていただきたいわ」

「そうよね、スズメさん！」

楓子が勢いこんで膝立ちになる。

ふくらはぎが見えてしまう洋服ははしたない、慎みがないと散々な言われようだけれど、洋服は軽くて動きやすいし見た目もいい。

一度着てみればその良さがわかるのに、試しもしないで文句ばかり言っているのは時間がもったいない、と楓子は思う。

「これから、女性は家庭や道徳の縛りから逃れてもっと自由になるべきよ。わたくしはそのことを伝えたいから、仕事を持ったのよ」

そのあとも楓子はしばらく茶室に滞在し、スズメとゆっくり話をしていた。


楓子が帰り際、玄関の式台まで見送りに出たスズメの手を取って励ます。

「ショックを受ける気持ちはわかるけど、しっかりなさってちょうだいね。いつもどおりに元気になさっていることが一番よ。そうだわ、今度、うちの新聞社が主催するパーティーがあるの。気晴らしに遊びにいらっしゃいよ」

楓子の夫は三上新聞社の社長である。海外の新聞記事を和訳したものが主流で、最近は婦人向けの服飾雑誌などの展開も考えているのだという。

今回のパーティーはそのための人脈と下地作りだそうだ。

「こんな時期に外出したりして、大丈夫かしら。今は、なるべく外に出ないほうがいいかと思っておとなしくしているんだけど」

「親しい方々ばかりの、ごく気楽なパーティーですもの。きっと大丈夫よ。それにそういった場所でおふたりが堂々と振る舞っていたら、あんな噂、きっとすぐに消えてしまうわ」

忙しいというのに駆けつけてきてくれた親友の気遣いが、スズメは素直に嬉《うれ》しかった。

やわらかく微笑んで、楓子の手を握り返す。

「ありがとう。パーティーの件、緋生さんにお話ししてみるわね」

＊

目の覚めるような真紅の夜会ドレスを着たスズメは、落ち着かない様子で鏡の中を覗《のぞ》きこんだ。

ドレスの襟は開けずに高く詰め、白いレェスと細い天鵞絨《ビロード》のリボンで飾ってあって仏蘭西《フランス》人形のように愛らしい。

スカートの下には幾重にもペチコートを重ね、大きなリボンを結んだ腰から後ろにはゆったり、たっぷりと贅沢《ぜいたく》に布地を使ったフリルが広がっている。

刺繍《ししゅう》飾りのついた袖は肘の下辺りまでで、絹の手袋の白さが際立った。

舞踏会用の正式なドレスなので黒髪を綺麗《きれい》に結い上げ、真珠とダイヤモンドの髪飾りをつけて、耳にも飾りをつける。

肌にはおしろいを叩《はた》き、口紅を品良く乗せる。香水をまとって、羽と房飾りのついた豪華な扇子《せんす》を持つ。

スズメが嫁入りするときに、緋生の指示で最新式のドレスも何着か誂《あつら》えてあった。

小物まですべて揃っている中で、蕗《ふき》や若い女中たちが一番スズメに似合うと太鼓判を押したのが、このリボンとレェスがふんだんにあしらわれた薔薇色《ばらいろ》のドレスだった。

スズメは衣装部屋の大きな姿見に映った自分を覗きこみ、どこかおかしいところがないかと検分する。

「ドレスは何度か着たことがあるけど、こんなに豪華なのは初めてだわ」

「お裾が長いですから、お気をつけくださいまし」

蕗に手を取られて、玄関へ向かう。

ヒールのついた繻子《しゅす》の靴を履いて外へ出ると、先に支度を済ませた緋生が自動車の前で待っていた。

着飾ったスズメを一目見るなり、嬉しそうに顔を綻《ほころ》ばせる。

「これは素晴らしい！　洋装もよくお似合いですね」

緋生が、嬉しそうに腰を屈《かが》めてスズメの顔を覗きこんだ。

軍人はこういった席でも軍服が礼装なのだが、今日はスズメと雰囲気《ふんいき》を合わせた西洋衣服一式に身を包んでいた。

臙脂色《えんじいろ》の長い上着とズボンに、真珠貝を細工したボタンと揃いのカフス。

中に着ているベストも深い臙脂色で、愛用の懐中時計の金鎖《チェーン》がきらきらとよく映える。

これほど華やかに着飾った緋生の姿を見たのは初めてで、スズメは思わずじっと見つめてしまった。

いつも、軍服がよく似合うと常々思っていたけれど、今日の姿も素晴らしくて見とれてしまうくらいだった。

――緋生さんに似合わない服って、ないんじゃないかしら。なんでも着こなしてしまうのね。

「緋生さん、とってもすてき！　伊生さんのご本に出てくる王子さまみたい！」

「そうですか？　あなたにそう言ってもらえると、めかしこんだ甲斐《かい》がありますね」

緋生がこほんと咳払いしてから、スズメに向かって腕を差し出す。

「ではそろそろ参りましょう。楓子さんがきっと、お待ちかねですよ」

「ええ！」

柏木に抱かれた伊生や蕗たちに見送られて、スズメと緋生は都築邸をあとにした。


三上新聞社の主催するパーティー会場は、銀座《ぎんざ》の新しく建ったばかりのホテルの三階にあった。

赤い絨毯《じゅうたん》敷きの大階段を上って芳名帳に記入を済ませたところで、スズメをエスコートする緋生の肩を、同じく夜会服で着飾った渡良瀬がぽんと叩《たた》く。

少し早めに来たこともあって、会場前の広間にはまだ人はまばらだった。

「よお、都築中尉。いい夜だな」

「渡良瀬副官」

「こんばんは、渡良瀬さん。ご機嫌よう」

腰を落として挨拶《あいさつ》したスズメに向かって渡良瀬はいつもの癖で軍帽に手をやりかけ、それからすぐそれに気づいて礼儀正しくお辞儀をし直した。

軍務を離れているときでも軍人として規律正しく振る舞ってしまうのは、緋生にも共通する職業病のようなものだ。

「お久しぶりです、奥方。結婚式以来ですね」

渡良瀬がスズメをちょっと見て、目もとを綻ばせる。この人はどちらかと言えば怖い顔つきをしているのに、ものの言い方はとても優しい。

スズメは、緋生と渡良瀬が仲良くしている姿を見るのが好きだった。

「ドレス姿も大層麗《うるわ》しい。これは、都築中尉が見せびらかしたくなる気持ちもよくわかる」

そこまで言った渡良瀬の背中を、緋生が思いがけないくらい強い力で小突いた。

「余計なことを言わないでください」

すると渡良瀬が横顔を引き締め、緋生にだけ聞こえるように低く耳打ちする。

スズメは瀟洒《しょうしゃ》なホテルの粋《すい》を凝らした内装に目を奪われて、緋生たちから少し離れたところにいた。

「弟の件で、ある男にたどり着いた。そうしたらびっくりするようなことがわかったんだ。ぜひお前にも聞いてほしい」

「びっくりするようなこと、ですか？」

「ああ。意外なところに繋《つな》がってね。田舎の寺に引きこもっていたのを、当家で保護するからと約束して連れ出してきたんだ。裏に待たせてある」

緋生は躊躇《ためら》った。

「今ですか？　あなたも無粋な人ですね」

夫人を同伴してきているのに、ほったらかしにするのはマナー違反だ。それにスズメから目を離すのもいやだった。

こんなに愛らしい女性を放っておけば、たちまちのうちに悪い虫がついてしまいかねない。ホテルには、今夜のダンスの相手やアバンチュールの相手を探し求める遊び人の男たちが大勢詰めかけている。

悪いな、と言いながら渡良瀬が片手で拝むようなしぐさをした。

けれどその顔はちっとも悪びれていない。

「このホテルなら人の出入りも多いから、ひとりやふたり素性の知れない人間が紛れ込んでいてもなんとでもごまかせるだろう？　話を聞いたあとは知り合いの家にしばらく預けるつもりだ。我が家に匿《かくま》っていたら、向こうに嗅ぎつけられてしまいかねないから」

事は急を要する。

渡良瀬は素早く、そしてあくまでも慎重に動く必要があった。そのためには、場所や時間を選んではいられない。

緋生は素早く判断し、仕方なさそうにため息をつく。

「スズメさん。あなたはお先に、ふふ子さんに挨拶をしておいでなさい」

「緋生さんはいらっしゃらないの？」

「急用ができたので席を外します」

「私もご一緒してはいけないの？　お邪魔にならないようにおとなしくしているわ」

スズメが一瞬だけ、心細そうに顔を曇らせた。

知らない場所に置き去りにされるというのは、なんとも不安なものだ。

「申し訳ありませんね。本来なら奥方もお連れしたいところですが、生憎《あいにく》と裏口から出たいんです。せっかくのドレスが、埃《ほこり》で汚れてしまうのは忍びない」

「まあ、裏口……それでは仕方ありませんわね」

スズメも同意した。

幾重にもペチコートが重なったこのドレスで、狭い裏口を通るのは至難の業《わざ》だ。それに、素早く歩くこともこの華奢《きゃしゃ》なヒールでは難しい。

緋生が、スズメに興味を示している周囲の男たちをじろりと一瞥《いちべつ》してから、スズメの顎を指先で捕らえ、頬に軽く口づけた。

よもや人前でそんなことをされるとは思ってもみなかったスズメが一瞬絶句したのち、顔を盛大に赤く染める。

「こんなところで、いきなり何をするの！」

「たいしたことじゃないでしょう、これくらい。我々は夫婦なんですから」

爽《さわ》やかに笑う緋生の背後で渡良瀬が、意味ありげににやにやしていた。

「大胆だなあ、お前」

緋生はスズメの腰を抱き寄せて、わざと鼻先をかすめるくらい近くであまく囁《ささや》く。

「なるべく早く戻りますから」

緋生がこんな態度を取るのは、スズメが自分のものだから手出し無用と周囲に牽制《けんせい》する意味がある。

渡良瀬と違って緋生の言動の意味がくみ取れないスズメは、耳の端まで赤くしたまま、緋生の背中をぐいぐい押した。

「ほら、御用がお有りなんでしょう!?　早くいってらして!」

「いきなり何なのよ、緋生さんてば!　それにしてもふふ子さん……は、どちらかしら……?」

パーティーが始まるまでには、まだ少し時間がある。

通りすがりのホテルマンを捕まえて訊《き》いてみたところ、三上夫妻はまだ控え室にいるはずだという。

主催者の楓子たちや三上新聞社の関係者、賓客たちには、着替えや休憩のための部屋をいくつか借りてあるのだ。

そのためスズメは、たくさんある宿泊用の部屋の中から、控え室を探していた。

パーティーフロアと違い、宿泊用の部屋ばかりの別棟はひとけがない。

うっかりするとドレスの裾を踏んでしまいかねないので、裾をちょっと持ち上げてそろそろ歩く。

廊下がすべて足首まで埋まるふかふかの絨毯敷きということもあり、スズメは足音ひとつ立てずに静かに歩いていた。

間近の客室の扉が開き、紋付き袴《ばかま》に白扇子を持った恰幅《かっぷく》の良い紳士が外へ出てくる。

「——金のない華族ほどみじめなものはない。伯爵だなんだとどれだけ気位が高くても、金に困れば娘御をあんな成り上がり風情に売ってしまうのだからね。情けない話だと思わんかね、きみ」

スズメは、はっと息を呑《の》んで立ち竦《すく》んだ。

そこにいたのは、尾之江《おのえ》だった。

機嫌良く何者かと喋《しゃべ》りながら、客室から出てくる。どうやら彼も三上新聞社の上客として、今夜のパーティーに招待されていたようだ。そのほか護衛や秘書など、取り巻きの男たちが大勢あとに付き従っている。

「しかし、社長……あの記事を載せてしまって、本当によろしかったのですか？　蓮実伯爵家や都築家は、噂の出所を突き止めようと相当に動き回っているようですが。我が社としては大変興味深いお話でしたが、なんともその、奥方がお気の毒と申しますか……」

取り巻きの男たちに凄《すご》まれた記者はおもねるような表情を浮かべつつ、額の汗をしきりにハンカチーフで拭《ぬぐ》っている。対する尾之江は悠然と落ち着き払っていた。

「無論だ。あの内容を密告したのは都築家の使用人ということにして、離縁するように次の手も打つ。貴様は儂《わし》が命じたとおりの記事を書けばいい」

たっぷりと報酬を約束された記者は良心の咎《とが》めを感じつつ、頷く。尾之江に睨《にら》まれたら社会的に抹殺されてしまうと身をもって知っているだけに、逆らうことはできなかった。

「かしこまりました。仰せのとおりに」

「どれくらい向こうが保つかはわからんが、手を緩めるんじゃないぞ。次から次へとスキャンダル記事を書いて、都築家を徹底的に追い詰めるんだ。スズメ嬢は倅《せがれ》の嫁に迎えるさ。傷物になってしまったのは気に入らんが、この際仕方あるまい」

尾之江は、真新しい草履《ぞうり》を履いた足を、つと止めた。

スズメが目の前で、蒼白な顔をして立っているのを見つけたのだ。

すぐさま穏やかで人好きのする笑みを浮かべ、愛想良く口を開く。

「これはスズメ嬢……いや、都築家の奥方さま。上級の貴婦人が、こんなところで盗み聞きをなさってはいけませんよ。はしたないことですぞ」

スズメは目を瞠《みは》ったまま、信じられないと言った様子で尋ねた。

飾りつきの扇子が、ぽとりと手から滑り落ちる。

「尾之江のおじさま……今仰ったことは、本当なの……？」

「はて、何のことやら。人酔いでもなさったかな？」

スズメはまっすぐに尾之江を見つめ、一歩も退《ひ》かない。

あれは聞き違いなどではない。

「都築家を追い詰めるって、どういうこと？　私のことも、おじさまが雑誌社に嘘《うそ》を書かせて広めさせたの……？」

「――聞かれてしまったか。仕方ない」

尾之江が一瞬強くスズメを睨《にら》みつけてから、低い声で、今まで胸にしまいこんでいた秘密を明かした。

「――儂は善良な篤志家として名を売りながら、その陰ではえげつないやり方をしてきた。褒《ほ》められたものではない方法を用いてきたのは百も承知だ。だがこの手を汚して生きてきたのは、一体誰のためだとお思いかな。蓮実伯爵の掌中の珠と育てられた姫君は」

華族の庶子として生まれた尾之江は身分が低かったため、ひそかに懸想していた日向子《ひなこ》は克哉《かつなり》のもとに嫁いでしまった――日向子は、尾之江から想いを寄せられていることなどちっとも知らなかったのだけれど。

庶子というものは時として一族の恥とされ、平民の長男よりも立場が弱いことがある。尾之江がまさにそれで、生まれたときから肩身の狭い思いをし、窮屈でみじめな思いをして育った。

ただし身分格差のけじめの厳しい世界に生まれ育った尾之江は、そこでおとなしく終わる男ではなかった。

表舞台に出ることなくひっそりと生きていくのが当たり前だった風潮に、尾之江は真っ向から逆らったのだ。

血を吐《は》くような思いをして勉学に励み、死に物狂いで事業を興した。

それが大当たりとなり、使えるものなら何でも使って、陰では法に触れるような真似《まね》をしながらも、表向きは立志伝中の人物として世間に通用する身分にもなった。

すべては、初恋の相手であり、高嶺《たかね》の花であった日向子のためだった。

綺麗ごとで仕事に向き合う克哉を支援したのも、旨味の多い儲《もう》け話を仕向けたのも、すべて日向子を守るため。

幸せに暮らす日向子を陰からそっと見守っていることができるなら、それだけでいい。

そう己に言い聞かせて満足しようとしていたのに、日向子は尾之江が仕事で海外に滞在していた間に、病であっという間に亡くなってしまった。

夫ではなくただの縁戚である尾之江には、海の向こうにいたとはいえ、日向子が危篤に陥《おちい》ったときも電報ひとつ届かなかったことが悔やまれてならない。

尾之江はぎりぎりと歯噛《が》みする。夫であればつきっきりで看病し、死に水を取ってやれたものを。否《いな》、せめて日向子の病状を知っていれば、国中を探してでも名医と呼ばれる医者を手配して、最高の治療を受けさせることができたものを。

尾之江が駆けつけたとき、日向子はすでに蓮実家の墓地に埋葬されたあとだった。

「妾腹の息子、芸者の息子である儂に分け隔てなく微笑みを浮かべて向かい合ってくれたのは、あの高慢で冷血漢の揃った一族の中で日向子さんひとりだけだった。日向子さんを苦労させないために、儂は泣く泣く身を退いた。だが、日向子さんはもういない」

スズメが初めて知る話ばかりだった。

日向子は尾之江のことを親戚としてしか見ていなかったし、特別な関係にあるような素振りなどかけらも見せたことがない。

日向子は克哉と仲のいい夫婦で、尾之江も資産家のひとり娘を娶《めと》って、それぞれ別の家庭を築いてきたのだ。

「おじさまは、お母さまのことがお好きだったの……？」

楓子もいつの間にかこの騒ぎを聞きつけたようで、スズメの背後に近づき、真っ青で今にも倒れそうなスズメを支えるようにそっとその手を取る。楓子の隣には、三上の姿もあった。

「日向子さんのいなくなった蓮実家などに用はない。かくなる上は那由多《なゆた》を日向子さんの忘れ形見のスズメ嬢に婿入りさせ、忌々《いまいま》しいあの男は隠居させるつもりだったんだ。日向子さんの菩提《ぼだい》をきちんと弔《とむら》うために必要なことだった」

溜飲を下げるための縁談ではなかった。

生まれを蔑《さげす》まれた私怨よりも、日向子への強い想いが勝る。

あの善良にして気高き女性の眠りを永遠に守るために、尾之江には蓮実家を支え続けなければならないという確固とした使命があった。

蓮実伯爵に借金を負わせたのは、ほんの意趣返し。借金だらけにして、那由多の婿入りを拒めなくさせるための手段に過ぎない。

「それなのに伯爵め。儂が目を離した隙に、スズメ嬢をどこの馬の骨とも知れぬ男に縁づかせてしまいおって」

日向子の死後、国外に出ることがぱたりと途絶えた尾之江に変わり、那由多が仕事で巴里《パリ》に出張している間に縁談がまとまり、当の本人がいなくては、さすがの尾之江も手も足も出せなかった。

「親も親なら娘も娘だ。儂は蓮実家にこれだけ尽くしてきたんだ。相応の形で返してもらわないと、割に合わん」

尾之江の低く乾いた声が、廊下に響いてスズメの耳を打つ。

目の前にいるスズメに、十七歳になる前に克哉に嫁いでいった日向子の面影が重なる。

スズメを見るたび尾之江は愛しい女性の面影と、自分の想いも知らないまま逝《い》ってしまった日向子への恨み辛みに惑わされてきた。

蓮実伯爵が憎い。

日向子をいともやすやすと得ることのできる、伯爵という身分は尾之江が喉から手が出るほど欲しても、決して得られなかったもの。

その男の血を引いたスズメが憎いが――愛しい日向子の血をも受け継ぐスズメを、憎みきることは彼にはできなかった。

だから我が物にすることはできなくても、せめて息子の嫁に迎えようとした。

だがスズメは日に日に日向子に似てくる。

日向子によく似た面差しが、尾之江の胸を忌々しいほどひどくかき乱す。

胸に渦巻くどす黒い感情をどうにもできずにいたところ、スズメの花嫁姿がとどめを刺した。

日向子が嫁いでいったときと同じ白無垢《しろむく》姿で、日向子そっくりなスズメが、自分でも那由多でもない男の隣で幸せそうに微笑んでいるのを見たとき、尾之江はスズメをなんとしても取り返そうと心を決めたのだ。

尾之江にしかわからない、複雑に折れ曲がって曲がりくねった心の動き——と、他人は言うかもしれないけれど。

尾之江の心の中にはいつだって日向子がいて、彼の想いはまっすぐに、ひたすら永遠の初恋の女性のみに捧げられている。

とはいえ、彼の復讐の火蓋《ひぶた》は切られた。

「隠し撮り写真を撮るよう人を仕向けたのも、おじさまの差し金でしたのね……？　あんなところ、わざわざ写真に撮るなんておかしいと思ったわ」

周囲にはいつしか人が溢《あふ》れて、スズメと尾之江をぐるりと取り囲んでいた。尾之江の秘書たちはずっと聴衆を追い払おうとしていたけれど、生憎《あいにく》と誰も従おうとしない。中にはメモ用紙と肩掛け式のレコーダーを持った、記者らしき男たちも数人いる。

スズメは表情を強ばらせたまま、尾之江を睨みつけていた。

まるで少女の頃の日向子に糾弾されているようで、尾之江は知らず知らずのうちに若い頃、少年時代の自分に還っていくような気がする。

まだ手を汚さずにいた頃、でも心の中にめらめらと燃え盛る野望を秘めていた頃に。

「――スズメ嬢も、無骨《ぶこつ》な軍人のもとに嫁いだのではさぞ苦労しておいでだろう。道は正さねばならん。那由多にも言っておくが、うちに嫁いだあかつきには今後一切生意気は口を利くことは許さん」

スズメは、きっぱりと答えた。

「私は都築緋生の妻です。あの方以外の殿方と添うつもりはありません」

ゆっくり一呼吸置いてから、続ける。

「記事の撤回をなさってください。私は私の意志で緋生さんと結婚したんですもの。お金で買われた覚えはまったくありません。あんな浅ましい邪推は、はっきり言って大迷惑だわ！」

その言葉に、尾之江が唇の端だけをわずかに吊《つ》り上げて笑った。

冷酷に、非情な表情が似合う――それが、尾之江のそもそもの姿だ。

他人を傷つけることに躊躇《ためら》わず、それどころか自ら進んで手を汚してきた男である。必要があるならば、慈愛に満ちた笑みを浮かべながら、敵に毒を盛ることさえできる。

この場にいる全員に口止めをして、今のやり取りを一切外部に漏《も》らさないようにすることも、彼にとってはごく簡単なことなのだ。

「世間知らずな性格は、お父上譲りなのでしょうな。だがあまりわがままを仰ると、ご家族や友人が悲しい目に遭《あ》うことになりますぞ。長年世話をしてきた乳母や、小さな義理の弟君が行方不明になっては、さぞお困りになるでしょう？」

その言葉を聞いた瞬間頭がかっと熱くなって、スズメは絹の白手袋を脱ぎ、尾之江の足もとに投げつけた。

「尾之江のおじさま——私はあなたに、決闘を申し込みます！」


「これはこれは、悪ふざけが過ぎますな。女の身で決闘などとは」

尾之江が嘲笑《ちょうしょう》する。女性が決闘を申し込むなど、前代未聞のことである。

「悪ふざけなんかじゃありません、私は本気——」

言い募ろうとしたスズメの肩を、楓子よりずっと大きな手が押さえて下がらせた。

「……あなたは下がっていなさい」

「え」

廊下の奥から足早にやってきた緋生がそのままスズメの横を通り過ぎ、尾之江の真っ正面に立つ。

緋生は無言で白手袋を外した。尾之江を厳しい視線で見据え、手袋を尾之江の足もとに挑むように投げつける。一歩引いて騒動に耳を傾《かたむ》けていた人々も、これにはいっせいに息を呑んだ。

「——妻に代わり、夫である僕が決闘を申し込みます。受けてくださるでしょうね？」

「待って、緋生さん！」

顔色を変えたスズメがドレスの裾を掴《つか》み、緋生のもとへ駆け寄った。

「あなたの名誉は僕が守ります。あとは僕に任せなさい。これは男の役割です」

スズメは緋生が決闘をするなんてダメだと言い募ろうとしたが、緋生の人差し指一本で唇を封じられてしまった。その脇で、緋生と一緒に合流した渡良瀬が話を進めていく。どうやら彼も、スズメの話を聞いていたらしい。

「お前は」

「俺が立会人をお引き受けしますよ、尾之江社長」

渡良瀬の顔をじろりと睨みつけた尾之江が、はっと気づいた。

「この顔に見覚えがおありですか、尾之江社長」

仁と類の渡良瀬兄弟は、驚くくらい顔立ちが似ている。

「弟が大変お世話になったようで、ぜひとも一度ご挨拶《あいさつ》したいと思っておりましたよ」

「――何のことですかな。儂にはさっぱり」

「弟が借金を負ったのは、弟自身の甘さと弱さが原因です。ですがあなたはその借金を肩代わりすると申し出て不正行為を行い、雪だるま式に借金額を吊り上げて弟を手駒に仕立て上げようとしました。金で逃げられないように縛りつけて無理にでも従わせる――えげつない方法でね」

渡良瀬の張りのある声が、ホテルの廊下に響き渡る。

しかも類が借金を負うことになったきっかけは、尾之江の息のかかった人間が言葉巧みに誘導したせいである。類の話を聞いたあと、緋生と渡良瀬は同様の被害者捜しに奔走していた。

「軍内部には、僕と同じように身内を人質に取られたも同然の連中が、いやになるほど見つかりました。そんなふうにあなたの駒にさせられた人間が、政界や社交界にいったい何人いるんでしょうね？　それに、あなたの奥方……尾之江夫人はお気の毒でした」

「尾之江の、おばさま……？」

スズメが、緋生の腕に庇われた背後で首を傾《かし》げる。唐突に、尾之江夫人が出てきた理由がわからない。

那由多の母親である夫人のことは、スズメですらよく知らない。那由多が物心つく前に亡くなったとしか聞いていないからだ。

平民の生まれだが、大層裕福な商家のひとり娘だったとは聞いたことがある。

緋生が渡良瀬の言葉を引き取り、続けた。

「純真な方だったのにあなたに騙され、実家の資産を好き勝手に使われて。自分を愛しているはずの夫がほかの女性に心を奪われていると知り、狂乱して服毒自殺を遂げられた、と聞きました」

初めて聞く壮絶な話に、スズメは思わず緋生の腕に縋《すが》る。

「まさかそんな……そんなひどい話って……」

醜聞に慣れた記者たちも、戸惑ったように顔を見合わせていた。

「尾之江夫人は、事故死という話じゃなかったか？」

「尾之江社長のスキャンダルか。都築家よりよほど衝撃的だが、下手につつくと報復されるぞ。うちは編集長が尾之江社長と懇意にしているんだ」

「因果応報、政略結婚の犠牲になった哀れな女性は都築夫人ではなく尾之江夫人だったということか。記事にしたらおもしろくなりそうじゃないか！　うちで書けないかな？」

尾之江は一瞬顔を引き攣《つ》らせたものの、周囲の記者たちをじろりと一瞥して黙らせた。

「妻は病死したんだ。亡き妻の名誉のためにも、言いがかりはやめていただこう」

迫力ある様子で凄む尾之江に対して、緋生も冷徹な表情を浮かべる。

「当時あなたが書生として使っていた男を、今、私たちで保護しています。奥方はあなたのことを心底愛していたのに、本当にお気の毒だったと、あのときお救いできていればとずっと後悔していたそうですよ」

「作り話だ。妻は勝手に自殺しただけで、儂に責任はない！」

今度こそ、この場を立ち去ろうと踵《きびす》を返した尾之江が目を瞠る。そこには、外国にいるはずのひとり息子が、彼の前に立ちはだかっていたからだ。

「――今のお話、詳しくお聞かせ願いましょうか。父上」

那由多は顔つきを強ばらせ、血の気がひいて顔色も悪かった。

「那由多……！　お前、いつ巴里から戻った!?」

つい先ほど帰国したばかりの那由多は挨拶をしようと、父親の滞在しているこのホテルまでわざわざ足を運んできたのだ。

そして、この騒ぎを途中から聞いていた。

「母上は病死したと、僕はずっとそう教えられてきました。あなたは僕を可愛《かわい》がって育ててくださいましたが、母上のことはそれ以外何も教えてはくださらなかったし、使用人たちも口止めをされているのか、その話題になると必ず口を噤《つぐ》んでしまった……」

那由多のまっすぐな瞳が、苦しそうに歪《ゆが》む。

「父上が、母上を追い詰めて死なせたというのなら……僕が今までひそかに感じていた疑問も、すべて合点《がてん》が行くんです」

「黙りなさい！　お前は儂の跡継ぎだ、逆らうことは許さん！」

「いいえ、黙りません！」

那由多がそこで、巴里誂《あつら》えの夜会服の懐からピストルを取り出して構えた。海外に赴《おもむ》くことが多い那由多は、常に護身用のピストルを携帯している。

周囲の人々が、それに気づいて悲鳴を上げた。

「那由多さん!?　何をなさるつもりなの!?」

「スズメさん、下がって」

緋生が、飛び出していきかねないスズメの腕を掴んで背後に隠す。

安全装置を外した銃口はまっすぐ父親である尾之江に向けられていて、尾之江は瞬《まばた》きひとつせず、凝然《ぎょうぜん》と立ち尽くす。

「那由多お前、気でも触れたのか。そんなものを振りかざして、どうするつもりだ」

「大丈夫です——僕は狂ってなどいませんよ。ただ、これ以上口出ししてほしくないだけです」

那由多はピストルを手にしたまま、視線を尾之江に定めたまま、緋生に向かって告げた。

「決闘の話、僕が父に代わってお受けしましょう。時刻は明日の夜明けどき、場所はそちらのお好きなところで」

尾之江に常に従って生きてきた那由多が、生まれて初めて父親に逆らう。この瞬間、今までの父子の関係は完全に逆転していた。

「やめるんだ、那由多！」

愛憎入り混じりすぎて自棄《やけ》になっているのか、それとも尾之江を苦しませることが狙いなのか、堅く張り詰めたような那由多の横顔からは読めない。氷のように冷ややかに、彼が言い捨てる。

「決闘から逃げるなど、家名に傷をつけることになる。これはもはや父上の問題ではなく、僕個人の矜持《きょうじ》の問題です」

「もしもお前が死んだりしたら、蓮実家を乗っ取る計画はどうなる？　何もかもが水の泡になるじゃないか！」

尾之江の声が、ホテルの天井に吸いこまれて消えていく。

これが尾之江次郎《じろう》という男。日向子以外の存在は、純粋には愛せなかった男。

妻も息子も、価値ある持ち駒としてしか愛せなかった男だ。


前日の宣言どおり、決闘は一面の芝に朝露の滴《したた》る早朝のうちに都築邸の中庭で執《と》り行われた。

夏の夜明けどきは、驚くほど空気が冷たい。

広々とした奥庭には、ごくわずかな人影しかない。ふたりの背後には裏山しかなくて、決闘を行うにはうってつけの場所と言えた。

使用人たちすら遠ざけて、静かに、そしてひそやかに緋生と那由多が向かい合う。緋生は軍服姿、那由多はスーツの上着を脱いでネクタイも解き、シャツの袖をめくり上げていた。

お互い言葉はなく、緊迫した面持ちだった。

スズメは真っ青な顔色で、それをただただ見守っている。

華族出身のスズメは、言い出した本人であるにもかかわらず決闘などという場に直面するのはこれが生まれて初めてだった。厳格で、命のやり取りをする抜き身の刃《やいば》のような空気に圧倒されて、言葉も出ない。

渡良瀬も隙のない軍服に威を正し、双方のピストルにそれぞれ不正がないかを確かめて手渡す。

「方法は簡潔に。ここから十歩歩いてのち、互いに一発撃つ。万が一不幸なできごとが生じたとしても、互いに一切責任は問わない。誓約は以上――それでは」

合図を機に、互いに背を向けて立ったふたりがゆっくり歩き出す。

スズメは両手をきつく握り締めて縁側近くに立ち、その背後に厳粛な面持ちの柏木が控えている。

那由多側も付添人がふたり、同行していた。父親である尾之江の姿はない。

蕗《ふき》は眠っている伊生が気づくことのないよう――決闘が行われることは知らせていないが、もし物音に気づいても不安がることのないように、伊生の部屋に昨夜のうちから控えていた。

スズメも最初は部屋にいるようにと言われたのだが、それだけは何があっても絶対にいやだと言い張って拒否したのである。

昨夜は一睡もできなかったし、足もとからぶるぶる震えて、まともに立っていられない。一瞬でも気を緩めたら、この場で気を失ってしまいそうだった。

でも、緋生から目を離しはしない。

たとえこの場で息が止まってしまってもいい。

緋生さえ無事なら。

――もし緋生さんがお怪我《けが》でもしたら、全部私のせいだわ……！

どうしよう。

とんでもないことをしてしまった。

あまりのことに、気が遠くなりかける。ふたりが規律正しく十歩進み、振り返る。

ずだあんと奥庭に響く重い銃声と、硝煙の独特の匂い。

「…………っ！」

両手で耳を塞《ふさ》いだスズメが、その場に崩れ落ちるように座りこんだ。

空気が焼け焦《こ》げた匂いが恐ろしい。鼓膜がびりびり震えて、痛いほどだった。

緋生は右手を綺麗に伸ばしてピストルを構えた姿勢のまま、微動だにしない。

同じく発砲した姿勢のままの那由多の頬に一条の血が滲《にじ》み、手にしていたピストルが芝生の上に落ちた。

スズメの前までつかつかと歩いてやってきた緋生が、いつものように優しい微笑を浮かべて片膝をつく。

「終わりましたよ、スズメさん。心配させてしまいましたね」

スズメはものも言わず、腕を伸ばして緋生に抱きついた。

＊

その日は一日、緋生は臨時の休暇を取得していた。かすり傷だった那由多は手当をしたのち敗北を認めて立ち去り、事後処理も午前中のうちにすべて終えている。

結局伊生は銃声に驚いて目を覚ましたが、彼が気づいたときにはすでにすべて終了していたし、互いに急所はわざと外したのでおおごとにもならずに済んだ。

渡良瀬も都築家専属の運転手が送り届け、午後近くになってようやく、穏やかな日常が戻りつつある。

スズメは緋生に呼ばれて彼の書斎へ足を踏み入れた。

「緋生さん。お呼びだと伺いました」

緋生の書斎に立ち入るのは、初めてだ。

「どうぞ」

ここが、寝室以外では一番静かに話ができる場所なのだそうだ。確かにここは屋敷の奥深くにあって、日常の仕事をする使用人たちの気配も遠かった。

休みついでに個人的な用事をいろいろ片付けていた緋生は、スズメがやって来たのを見て、文机《ふづくえ》に背を向けて座り直す。

「そこにかけてください」

緋生の真正面に、スズメのための座布団が用意されていた。

スズメはおとなしくそこに腰を下ろす。

緋生は入浴して汗を流したあとは髪も撫《な》でつけないままの、涼しそうな単衣《ひとえ》姿だった。

まだ決闘時の猛《たけ》りが身のうちに残っていて熱いのか、胸を大きくはだけていて——惜しげもなく晒《さら》した素肌からは、大人の男の秘めた激情がゆらゆらと揺らめいているかのようだ。

和室の壁沿いに本棚があって、中には分厚くて立派な装丁の書物がぎっしり詰めこまれている。

文机の周囲に散らばった雑誌の中には、緋生の趣味である釣《つ》りに関するものもたくさんあった。

「さて」

やや行儀悪く片膝を立てた緋生が、洗い晒しの髪をかき上げる。

「スズメさん。僕はこれから、あなたのことも少し叱《しか》らなくてはなりません」

スズメは座布団から下り、畳に額がつくほど深く頭を下げた。

「本当にごめんなさい。緋生さんを危険な目に遭《あ》わせるつもりじゃなかったのに……また、考えなしなことをしてしまいました」

「決闘をしたのは僕の意思です。僕が言いたいのは、そういうことではないんですよ」

緋生がスズメの腰を両手で持ち上げ、自分の膝の上に座らせた。

されるがままにしょんぼりと項垂《うなだ》れているスズメと鼻先と鼻先を突き合わせて、大仰にため息をつく。

「僕が何に怒っているか、あなたはわかっていないんですね。尾之江に決闘を申し込んだりして、もしあの場に僕が間に合わなかったらどうしていたつもりですか。長刀《なぎなた》で勝負するつもりでしたか？」

「できることなら、そうしたかったわ」

「無謀すぎます。尾之江が人前で暴力沙汰を起こす男ではないからまだ良かったようなものの……女性を蔑視するわけではありませんが、今後は控えてください」

厳しく諭されるが、それはスズメのことを案じてくれているからだ。それがわかっているから、スズメは頷こうとした。

もう今後、あんな無茶な真似はしませんと約束しようとした。

でも――。

「スズメさん？」

頑固に唇をきゅっと引き結んだスズメに、緋生が眉根を寄せる。

「もっときつく叱らないと、納得してもらえませんか？　僕はあなたに、むりやり言うことを聞かせることもできるんですよ」

緋生がスズメの手を取り、指先の爪ひとつずつに順番に唇で触れていった。

「あなたは僕の宝物なんです。そのことを自覚してください。あなたが危ない目に遭うことは、僕が許しません」

「あの、雑誌の記事――」

蓮実家の財政が傾いた時点で尾之江の嫌がらせはすでに始まっていたのだから、ずいぶんといろいろな目に遭わされたことになるが、スズメが一番こたえたのはやはりあのスキャンダルだ。

目も覆《おお》いたいようなことばかり書き連ねてあったのが、スズメは今でも忘れられない。

「あんなものは気にしないでいいと言ったでしょう。他人がどう思おうと、あなたが幸せならそれでいいじゃありませんか」

「……だって」

口答えするのは、妻としてふさわしくないだろうか。

迷いながらスズメは、悔し涙を浮かべてうつむこうとした。

それを許さず、緋生がスズメを強引に上向かせる。

「だって、なんですか。続きを言ってください」

きついくらい綺麗な黒檀色《こくたんいろ》の双眸《そうぼう》に見つめられて、スズメはこれ以上我を張れずに口を開く。

「――悔しかったんだもの。私、愛のない結婚なんてしていないし、かわいそうなんかじゃないわ。そんなふうに言われたら、緋生さんにも伊生さんにも、このお屋敷の皆にも失礼だわ」

だから受け流せなかった。

ゴシップ記者が面白半分に書き立てた嘘八百だとわかっていても傷ついた。

「お父さまのことだって、あんなふうに言うなんてひどいわ。お母さまのことは初めて知ったけれど、でも」

大切な人のことを悪く言われるのは悲しいし、陥《おとし》められるのはもっと悲しい。

「私は世間知らずだから、尾之江のおじさまがどれほどおつらい目に遭ってきたのかまではわからない。でも、私にも怒る権利はあるわ。大切な旦那さまをひどく言われたら、誰だって悔しいし、怒るわ。私は、怒っちゃいけないの？」

鼻声混じりの訴えに、緋生は完敗だと言いたげなため息をついた。

スズメのこういうまっすぐさは、出会った当初から全然変わっていない。そこが、愛しくてたまらない。

「……いくら怒ったからと言って、何も決闘を申し込むことはないでしょう。もうちょっと平和な手段が山ほどあるでしょうに」

「本当は引っぱたきたかったんだけど、ドレスが動きにくくて無理だったの。それで、気がついたときには……」

ごめんなさい、とスズメが再度項垂れた。

太陽の匂いのする黒髪が、緋生の鼻先をくすぐる。

「どうして謝るんです？」

「私がおとなしい淑女だったら、決闘騒ぎにはならなかったでしょ……？　私が無鉄砲だったから、緋生さんを矢面に立たせてしまった。私、緋生さんにどうお詫《わ》びしたらいいのかわからない」

「かすり傷ひとつ負わなかったんだから、それはもう気にしなくていいですよ」

「気にするわ。那由多さんも軽傷だったし、結果的にふたりともご無事だったからまだ良かったけど、でも、だめ。決闘の間中私、恐ろしくて、死んでしまいそうだった」

スズメだって、自分が無鉄砲なことは承知しているのだ。

でもそのために、命の危険を伴う騒ぎを引き起こしてしまった。あのびりびりとした空気、血の匂いに似たピストルの錆《さ》びたような匂い、銃弾の匂い。

自分の浅はかさを思うと、スズメはこのまま消えてしまいたいような気さえする。

「本当に、ごめんなさい。私、もう二度とあんな真似はしません。約束します」

緋生にしがみつくように、胸の辺りの単衣をぎゅっと握る。

その手がずっと小刻みに震えているのを見て取って、緋生は苦笑した。

「よほど、こたえたと見えますね。僕が叱るまでもありませんでしたか」

スズメはまだ怖がっている。

緋生に怪我をさせること、緋生に呆《あき》れられてしまうこと、嫌われてしまうこと。

スズメにとって、緋生に嫌われるのはなによりも怖かった。

「直すから。私、きっとおとなしくなりますから。お転婆《てんば》は卒業すると約束するから……！」

「スズメさん」

緋生が、スズメの背中をぽんぽんと優しく叩く。

「あなたはあなたのままでいい。いや、あなたのままがいい」

「え」

小さな背中の震えを止めようとあやしながら、緋生が熱く囁《ささや》いた。

「僕はね、あなたのことが好きなんです。無鉄砲で考えなしで、自分のことより周囲の人間を何より大切に守ろうとするあなたのことが。それに、お転婆なあなたは可愛いから、そのまま変わらないでいてください」

「それ、本当……？」

緋生がスズメの顔を上げさせて、視線を合わせてにっこり笑った。

「僕自身、尾之江には心底腹を立てていましたからね。正直に言えば、昨夜のうちに撃ち殺してやりたかったくらいです。腕には覚えがありますから、勝算はありますし」

「撃ち殺…………っ？」

スズメがびっくりして全身を硬直させる。冗談のはずなのに、なぜかちっとも冗談に聞こえない。

緋生が案外血の気が多いということを、スズメはまだ理解していなかった。

「緋生さんたら、冗談がきつすぎるわ」

「そうですか？　僕はまったくもって本気なんですけどもね。まあ、ご子息にはそこまで私怨がなかったので、あの程度で済ませましたが」

「緋生さんは、軍人なんだもの。決闘は御法度《ごはっと》のはずよ。きっと、明日以降きついお咎《とが》めがあるわ。どうしよう……私が代わってあげられたらいいのに」

自分が官舎に出向いて、緋生は悪くないのだと直談判するのはどうだろう、とスズメは本気で考えていた。

緋生は目を閉じ、嘆息する。

――この女《ひと》は、なんだってこうも可愛らしいんだろう。

いつだって緋生のことを一番に考えてくれている。そこには、単に嫁いだからという建前以上の理由がある。

「女性が官舎に立ち入ってはいけませんよ。それにこれは、僕自身の選択ですから。きちんと責任は取ります。都築の家には財産がありますから、退役処分になっても充分に暮らしていけますし」

「そんなことを言っているんじゃないわ。それに私、貧乏だったら慣れているの。お庭でお野菜を作ったり外でお仕事をしたりしてでも、緋生さんに苦労なんてさせないわ」

「……うーん。困った。どうしましょうか」

緋生がおもしろがるようにそう言って、スズメの頭にのしっと顎を乗せる。

「緋生さん、重いわ」

「参ったなあ……このまま食べてしまいたい」

一目惚《ひとめぼ》れだったのだ。

白藤《しらふじ》の花びらと一緒に降り落ちてきた以前――藤棚の上で初夏の陽射しを一身に浴びている姿を一目見たときから、緋生はスズメに囚《とら》われていた。

一生そばに置いておきたいと思い、強引に求婚した経緯《いきさつ》に変わりはないのに、いつのまにか緋生を『大切な旦那さま』と慕い、小さな手で精一杯守ろうとしてくれている。

これほど健気《けなげ》で愛らしい生き物を、緋生はこれまで見たことがない。

赤子の無垢《むく》さと、母親の慈愛の両方を兼ね備えている——しかも、それを本人がまったくといっていいほど自覚していないのだ。

男にとって、これ以上に愛くるしい生き物が存在するだろうか。

『妻』は、人によっては最愛の存在とは呼べませんね。『恋人』もいいけれど、夫婦は法律上でも認められているという点があるし」

珍しくも考えこんでしまった緋生に、スズメが首を傾《かし》げる。

「どうしたの？　何を悩んでいるの？」

「あなたのことを、どう表現すればいいのかと思いましてね。でも適切な言葉が見つからない。なかなか、小説のようにはいきませんね」

黒髪を指に巻きつけて、愛情の限りをこめて口づける。

「知っていますか？　髪に口づけするのは、思慕の情を示しているそうですよ」

それから、と緋生が続ける。

「瞼《まぶた》への口づけは、憧憬。首は執着」

緋生の熱い吐息が、スズメの耳を直《じか》にくすぐった。

「耳への口づけは——」

誘惑。

＊

さっきの答えは見つかったの、と、スズメが息を切らしながら尋ねる。

答えは、スズメの真上から降ってきた。

「人生の伴侶、でしょうか」

低い声がスズメの耳を打つ。

「それとも、魂の半身？」

しっくり来る言葉を探しながら、緋生の唇がスズメの胸を執拗《しつよう》なくらい何度も何度も吸い上げる。

「ちなみに、胸への口づけは所有欲だそうですよ。以前読んだ洋書に書いてありました」

「そんなことが書いてあるなんて、一体何を読んだの」

緋生の膝に横抱きにされたまま、着物の合わせ目だけを緩められて、白い胸に先ほどから緋生がずっと口づけを繰り返し、戯《たわむ》れていた。赤子が乳を吸うしぐさによく似ているのに、緋生が舌を動かすだけでスズメの全身に雷のような震えが走る。

次から次へと砂糖菓子よりもあまい言葉を並べ立てられて、頭がどうにかなってしまいそうだ。

耳の端まで赤くなって火がついてしまいそうなのに、緋生ときたら先ほどから臆面もなく、過激すぎる睦言《むつごと》ばかりを囁いてくるなんて、なんて卑怯《ひきょう》な人なのだろう、と思う。

まともに抵抗できるはずがない。

——人生の伴侶、だなんて。

——魂の半身、だなんて。

そんな爆弾を無防備なうちに受けるこちらの身にもなってほしい。

心臓が大きく跳ね上がって落ち着かなくて、これではとても身がもたない。

スズメにできる抵抗といえば、白い足袋《たび》を穿《は》いた足をばたつかせることだけだった。

「暴れると、裾が乱れますすよ。僕は構いませんが」

「緋生さん、こんなところで……もし誰か来たらどうするの」

「ご心配なく。あなたのこんな可愛い姿、誰にも見せてやるつもりはありませんよ」

緋生がそう言って笑うと、自身の腰から下を大きく割り開く。腰帯から上の部分はすでに諸肌脱《もろはだ》ぎも同然で、なめした革のようになめらかな、重厚感のある男の素肌が露《あら》わになった。

同時に、スズメも帯を引きほどかれてしまう。

「待って、緋生さん」

スズメは、寝室以外でこうした睦み合いをしたことがない。

びっくりしておろおろする様子を目で愛しみながら、緋生は待てない。

「畳の上ではあなたの身体が痛くなってしまいますからね。そのまま膝の上にいてください」

「え？　このまま⁉」

手際よく絹の長襦袢《ながじゅばん》と緋色《ひいろ》の腰巻きも抜き取られそうになって、スズメは慌てて片手で腰巻きを掴《つか》んで押さえた。

「取っては嫌！　第一、まだお昼よ」

「昼に愛し合ってはいけないという法律はありません」

しっかりと筋肉の張った太股の上に座らされ、すでに兆している屹立《きつりつ》の感触もはっきりわかる。

普段決して見えない部分であるだけに、スズメは直視していいものかどうかもわからず、不自然を承知で両手で目を覆った。

緋生が笑ってスズメの手首を掴み、冗談めかして唆《そそのか》す。

「見たいなら、いくらでもご覧なさい。遠慮は無用ですよ」

とんでもない色香を撒《ま》き散らしながら耳たぶを食《は》まれ、スズメは頭の芯まで沸騰してしまいそうになった。

緋生の裸身を見るなんてそんなはしたないこと、一生できそうにないというのに。

噎《む》せ返るような男の色気は濃厚すぎて、スズメの手に負えない。

「黙っていて、緋生さん」

「恥ずかしいですか？」

「当然です！」

「僕はあなたのすべてを見るのが好きですから、あなたにも僕を見てほしいと思っただけですが？」

スズメは恥ずかしくて恥ずかしくて、咄嗟《とっさ》に二の句を告げない。

言葉で反論する代わりに、手を伸ばして緋生の両目を覆おうとした。

その手首を難なく片手で掴まれ、もう片方の手が、かろうじてまとわりついていた腰巻きさえも払いのけてしまう。

「見ちゃダメ！」

「どうしてですか？」

まともに返されて、一瞬返答に詰まる。

「――見る場所じゃ、ないと思うから」

「見るべきところです」

「違うわ」

「違いません。あなたのすべてを見ていいのは、夫である僕だけです。それが夫婦というものですよ」

「う～………っ」

ひとつわかったことがある。

スズメはたぶん一生、緋生に口で勝てることはないだろう。

言い負かされて口を噤《つぐ》んでしまったスズメの脇の下に緋生が手を入れて持ち上げ、お互い露《あら》わになった下肢の付け根をぴたりと触れ合わせた。びりっと走った快感に、スズメが思わず仰《の》け反《ぞ》る。

「んっ」

ぬめりを帯びた屹立が入り口付近をくすぐるように擦《こす》り合わせ、でも奥まで入ることはせずに焦《じ》らして昂《たか》ぶらされる。

いやらしくはしたない真似をされているというのに、全身に悦楽の波が駆け抜けて、スズメの身体の力がくたくたと抜け落ちてしまう。そうすると猛《たけ》るものが少し深く突き入れられ、無限の快楽地獄へと突き進んでいく。

緋生と結ばれるまではかけらも知らなかった、蜜のように蕩《とろ》けさせられて奪われて、あまやかされる濃厚な誘惑に、スズメは逆らえない。

「好きな場所があったら、自分で腰を動かして当てなさい。そう……もっと正直に」

スズメは白旗を揚げたい気持ちで、降参した。

「緋生さん、お願いだからもう黙って」

「何をされたら僕が黙るか、あなたはもうご存じでしょう？」

緋生の要求が読み取れて、スズメはつかの間逡巡した。

どうやらスズメが接吻《せっぷん》しない限り、黙るつもりはないと言いたいらしい。今までスズメからそういった類《たぐい》の行動をしたことはなかった——ような気がする。

熱に浮かされている間は自分が何をして何を口走っているのか、はっきりとは覚えていない。

「緋生さんて……結構、いじわるだわ」

目尻を赤く染めて軽く睨むと、視線の先で緋生が笑いを噛み殺していた。

「いやだなあ。そんなこと、もうとっくに知っているでしょう？」

「……もう」

唇を尖《とが》らせながらスズメは、生まれて初めて自分からする口づけを、緋生の唇に捧げた。


未だ剛直を受け入れるとき、スズメはほんのちょっとだけ怖いと思う。営みの意味を知ってもなお、男性のものを身体の真芯に受け入れるというのは毎回躊躇《ためら》うし、あんな大きなものを受け入れているということ自体信じられない。

それ以上に怖いのが、官能の海に溺《おぼ》れてしまうことだった。

特に今のように座敷に座った体勢は初めてで、緋生の首筋にしがみついたまま昂ぶりを迎え入れると、知らず知らずのうちに腰が引けてしまう。

初夜の頃は潤うことも知らなかった内部は、今では素肌を触れられるだけで熱く潤むようになってしまった。

とんでもなくはしたない身体にされてしまったものだと思うと、ちょっと悔しくもある。

こうしていると泣きたくなるの、とスズメが息を乱しながら訴える。

「きつかったですか……？」

緋生が少しばかり、突き上げる動きを緩めた。

スズメの細腰を、慰《なぐさ》めるように擦る。

「身体の向きを変えましょうか」

違うの、とスズメは首をぶんぶん振って、緋生に縋《すが》りつき直す。

ほんのわずかにでも、離れたくなかった。

「未だ慣れないしびっくりするようなことばっかりだし、怖いと思うこともあるけど……それ以上に、切なくて苦しくなるの」

「……苦しい？」

うん、とスズメが目の端に涙を滲《にじ》ませながら頷く。

緋生が舌を伸ばして、スズメの涙を舐《な》め取った。

「緋生さんのことが好きなんだって思って、これ以上好きになっちゃったらどうしようって……営みも、その」

羞恥《しゅうち》のあまり言いよどんだが、緋生はそこで遠慮するような男ではない。

最奥まで繋《つな》がり合った腰をぐちゅぐちゅと蜜が溢れるほど突き上げられて、スズメの太ももがぶるぶる震えた。

「だ、だめ……そんなふうにしたら、……なんか、変になっちゃう」

「営みも？　その続きをどうぞ」

はっきり口にするのが恥ずかしくて、スズメは緋生の耳もとに唇を寄せ、緋生以外の誰にも聞こえないように、小さな吐息に混ぜて伝える。ほかに誰もいないとわかっていても、絶対に誰にも聞かれたくなかった。

「好きですか」

「——嫌いじゃ、ないの」

あからさますぎる問いかけだったけれど、スズメは自分の気持ちを偽らずに答える。こんな状況にまでなっておいて、意地を張る余裕もない。

「……うん。好き」

その途端、緋生のものがさらに大きく、さらに激しく昂ぶった。

「きゃ……っ!?」

「ああもう、狂いそうだ……！」

あぐらをかいた緋生の腰の上を大きく跨《また》がらされ、弱いところをすべてかき乱され、刺激されて、スズメの胎内が熱くうねる。

「ああー………っ！」

もっとも弱い奥を丹念に愛されて、スズメは半ば気を失ってぐったりと緋生に身を預けた。

緋生の肉厚の胸板にもたれかかり、つぶらな双眸《そうぼう》は見開かれ、焦点が合わない。

がくがくと痙攣《けいれん》する全身を桃色《ももいろ》に染めて息を乱し、果てを迎えた身体は黒髪を指で梳《す》かれるだけでもぞくぞくするような快感が走って、下肢がしとどに濡れてもう何もわからない。

はあはあと息を切らしながらスズメは、一所懸命に言葉を探した。

「私の身体、おかしくしたでしょう……私、今までこんなふうになったことなんて、なかったわ」

自分をこんなふうに快楽に弱い身体にしたのは緋生だ、と。

恥ずかしさをこらえきれず責任転嫁する妻の可憐《かれん》さに、緋生はたまらずに噛みつくような接吻を贈った。

舌を絡め、呼吸を奪い合って与え合う。

口づけをしすぎて赤く腫《は》れぼったい唇から、透明な糸がふたりを繋いだ。

「ひどい男だと思いますか？」

「ひどくても、いじわるでも――旦那さまよ。私の……私だけの、旦那さまよ……！」

スズメが緋生に対して初めてはっきり明確にした独占欲と、まっすぐで清らかな執着にも似た愛情。

緋生は感極まったように短く呻《うめ》き、それから――。

仰向けになったスズメの手足に自分の四肢を絡みつけるようにして、緋生が覆い被さっている。

スズメは床の上に投げ出した自分の指にちらりと視線を向けて、それからゆっくりと口を開いた。

「――全身がまだ、びりびりして……しばらく、動けそうにないわ」

白濁《はくだく》をこんなにも続けざまに何度も受けたのは初めてで、まだ手足がじんじんと痺れている。

緋生の大きな手がスズメの乱れた前髪をかき分け、小さな額に慰撫《いぶ》するように口づけを落とす。

「途中から手加減できませんでしたからね」

少し休憩しましょう、と言いながら、緋生の硬い身体がスズメの肌に押しつけられ、まだ身のうちに残る熱情を煽《あお》り立てるように揺らす。

下半身も縺《もつ》れるように絡ませたまま、上半身もお互い腕を絡みつかせ抱き締めて、いっそこのまひとつに溶けてしまえたらどんなに幸せだろうか。

「言っていることと、やっていることが全然違う～……」

かすれた声で、スズメはそう言わざるを得ない。その声を聞いて、緋生が枕もとに置いてあった朱塗《しゅぬ》りの盆を引き寄せた。

「喉が渇いたでしょう。白湯《さゆ》を飲みなさい。ちょうどいい感じに冷めている頃ですから」

盆には水差しと、小さな湯飲みが置いてある。

お湯を張った盥《たらい》と手拭いもあるが、これは先ほどすでに使い終わったものを隅に寄せてあるだけだ。

緋生が、ぐったりしているスズメの身体を丁寧に拭ってくれたのだ。

何度も貪《むさぼ》られて果てを迎えたスズメは指一本動かすのも億劫《おっくう》だというのに、緋生はどうしてこんなに元気なのだろうと思うと、スズメはものすごく不満だった。

――私が脆弱《ぜいじゃく》なんじゃなくて、緋生さんが体力がありすぎるのよ、きっと。

陸軍軍人として基礎から鍛えてあるということもあるのかもしれないが、スズメとしては、その強靭《きょうじん》な体力をこんなことに使わないでほしい。

「湯飲み、持てないから要《い》らないわ。手に力が入らないの。零しちゃう」

「持たなくていいですよ。そのままじっとしていなさい」

緋生がそう言ってすっかり冷めてしまった白湯を口に含み、スズメに口移しで飲ませる。

戯《たわむ》れるように、慈しむように。

親鳥に餌《えさ》を与えられている雛《ひなどり》鳥のような気持ちで、スズメは抵抗せずそれを受け入れた。

何度めの遂情《すいじょう》のあとだっただろう。

書斎で抱き合ったあと、緋生がまだ身を震わせているスズメを抱き上げて奥の寝間へ運びこんでしまい、やわらかな褥《しとね》に横たえられたかと思うと、またしてもじっくりと時間をかけた交わりが始まってしまったのだ。

ふたりとも汗に濡れ、肌が湿って嵐のような快感が去らない。

繋がりは解いているが、全裸の緋生はずり下がり、スズメの白い下腹部にしゃにむに唇を押し当てていた。そのためスズメの胸の下辺りに、緋生の髪が降り落ちる。

――お腹の上に人の頭があるって、なんだか、すごく変な感じ……。

くすぐったくて、それ以上に快感が暴れ回って、スズメが仰け反って抵抗するたびにあまい罰を与えられる。

緋生の獰猛《どうもう》な舌先がスズメの小さな花芯にまでちろちろと触手を伸ばし、抗う気力などかけらもないスズメははくはくと口を開けて、弱々しく喘《あえ》ぐ。

ここを愛撫されて達することは、最奥を穿《うが》たれるのとはまた違った快感がある。

「あ、や……もう無理、もう無理……っ」

赤く染まった唇の端から唾液が零れ、瞳が快感に霞《かす》んで、背中をたわませながら懇願する。

それでも緋生はスズメが気絶しないよう加減しながら、長い間そこを吸ったり、時に舌先で舐りあげたりして悪戯し続けていた。

やがてようやく満足した緋生が、スズメの真上から覆い被さって頭の天辺に口づけを落とす。

「すてきでしたよ」

「今、何時頃かしら……？」

もう何度交わったか、時間の感覚がまったくない。

流れ落ちる汗を腕でぐい、と拭った緋生が、さあ何時でしょうね、と気のない返事をした。

文机の引き出しの中に愛用の懐中時計をしまってあるが、それ以外に書斎に時計の類は置いていない。雨戸を閉め切った寝間で電気を煌々《こうこう》とつけているので、今が夕方なのかそれとも深夜なのか、全然わからない。

それに、よく気のつく使用人たちは今が何時であろうと、愛し合う夫婦の邪魔はしないはずだ。彼らが伊生の面倒も見てくれるので、何も気にすることなく睦み合うことだけに没頭できる。

スズメは、悦楽に溺れる濃厚な時間をこんなにも長く過ごしたのは初めてだった。

時も忘れ伊生のことも忘れ、愛する行為だけに没頭するなんて――そんな淫《みだ》ら極まりないことを、まさか自分が経験するなんて夢にも思わなかった。

「小説には、こんなことは全然書いてなかった……」

ぼんやりとそんなことをつぶやくと、緋生がからかうように言う。

「実体験に勝るものはありませんよ。どうですか。小説で読むよりも、ずっと刺激的でしょう？」

恥ずかしくてたまらなくて顔を隠したいのに、もう指一本動かすのも億劫なくらい疲れ果てているから――それを知っているから、緋生はわざと大胆なことを言ってスズメを弄《もてあそ》ぶのだ。

「いじわるばっかり言う旦那さまなんて、知りません」

「またそんな憎まれ口を叩く」

肌の奥側がまだ熱く強く疼《うず》いているというのに、緋生が何度も何度も口づけを繰り返すので、白い肌に鬱血《うっけつ》の痕《あと》が散る。

この花びらのような痕は、数日も経つと消えてしまう。

「どうしてそんなに、いっぱい痕をつけるの？　それも、何か意味がこめられているの？」

最初の頃はただただ行為を恥ずかしがっていたスズメも、今ではだいぶ慣れてきた。

おおらかに素直な性質でむやみやたらと構えない性格をしているので、性の喜びを受け入れるのも早かったのだろう。

無邪気に快楽を享受するようになったことが、緋生としては喜ばしくてならない。

「これは、あなたが僕のものだという印をつけているんです」

緋生がスズメの胸に唇を寄せながら、さらりと答えた。

真っ赤につんと尖らせられた頂《いただき》を吸い上げられると、下腹部の奥から熱い滴《しずく》がまたしても溢れ出て太ももを濡らす。女性特有の秘所は、もうずっと妖しく蠕動《ぜんどう》していて感覚が麻痺しているような気がする。

「西洋では、キスマークと呼ぶそうですが」

できることなら全身あますところなく所有印で埋め尽くしてしまいたい、とうそぶく緋生の目は、半分以上本気だった。

そうすれば、他の男は誰もスズメに手出しできない。

「僕は嫉妬深い質《たち》のようです。だからこうしてしつこいくらいに痕をつけて、僕のものだと主張しないと気が済まないんですよ。それに、この柔肌に僕の痕がつくのはとても気分がいい」

「そうなの？」

「あなたもやってみますか？」

気軽に誘われて、スズメはうん、と頷いた。緋生が、少しばかり驚いたように目を瞠る。

「どうすればいいの？」

キスマークというものが、緋生の言うとおり、愛の証であるのなら。

スズメも緋生につけてみたい。

スズメにだって所有欲はあるし、独占欲もある。綺麗な赤い花びらのような跡を、緋生の精悍《せいかん》な肌に刻んでみたかった。

緋生に手を引かれて、ふらふらとろくに力の入らないまま起き上がる。

「大丈夫ですか？　無理しないでいいんですよ」

「うん、大丈夫」

片手で邪魔な髪をかき上げながら、仰向けになった緋生の腹の上に寝そべり、緋生がいつもそうしていることを思い出して、肩と胸のちょうど間くらいの位置に唇を押しつけてみる。

しばらくして顔を上げて、スズメは不満そうに唸《うな》った。

「跡、ついてない」

緋生が、おかしそうに肩を揺らす。

「唇で触れているだけでは無理ですよ。そうですね……僕を食べてしまうくらいの気持ちで、強く強く吸ってください」

「食べてしまうくらい？　難しいのね」

スズメが角度を変えて、何度も一所懸命に挑戦する。緋生はくすぐったさのあまり笑ってしまったけれど、そのままスズメの好きなようにさせていた。

子猫の甘噛みよりも痛くないが、キスマークをつけようと頑張るスズメの姿は目に楽しい。

スズメのこういう、率直で積極的なところも緋生は好きだった。スズメはどこまでも正直で、嘘《うそ》がない。

「……だめ。全然つかない。どうして？」

「お手本を見せてあげましょうか」

そう言って緋生が、引き寄せたスズメの首筋に刻印を落とす。

ひとつ、またひとつと、花びらの数が増えると同時に日々、愛しさが増す。愛すれば愛するほど、愛しくてたまらなくなることに際限がない。

緋生は己の充溢《じゅういつ》したものをスズメの奥深くにまで差しこみ、熱い吐息を吐《は》き出した。

「——冗談抜きに屋敷の奥深くに閉じこめて、僕だけのものにしてしまいたい」

スズメはそれを聞いて、うっすらと——とても幸福そうな笑みを浮かべていた。

【7】

「――おい。聞いたか、あの話」

「ああ、もちろんだ。何の予告もなしに、砲兵課の小隊に異動だってな」

「名目上は進級のための研修扱いになっているが、どう見たって……ありゃあ、降等処分だよなあ」

その名のとおり陸軍砲兵課は大砲を扱う部隊だが、緋生《ひお》の新たに配属された小隊はその中でも出自の低い者や素行の荒々しい問題児たちばかりが集められており、陸軍の中で厄介者扱いされているに等しい部署だった。

喫煙室で煙草《たばこ》を手にした士官たちが額を突き合わせ、声をひそめる。

「まさか！　あの都築《つづき》家の当代当主だぞ。降等処分なんてありえない話だ。上層部だって都築の先代当主には頭が上がらなかったというじゃないか。いったい何をやらかせば、そんなことになるんだ？」

陸軍の軍人のほとんどが、この急な人事異動に合点《がてん》がいかず、首を捻《ひね》っていた。

「近衛《このえ》連隊の中でも一等優秀な儀仗《ぎじょう》部隊、そこの中尉どのが一個小隊にまで格下げか。これほど不名誉な話もない。都築中尉は退役するんじゃないか？」

それが、そうでもないらしい、と男のひとりが手を振ってみせた。

「俺の同期が同じ課にいるんだが、初日から和気藹々《あいあい》としていたそうだぞ。砲兵は案外気のいいやつらが多いから。やることががさつで荒っぽいけどな」

「へえ……都築中尉って、もっととっつきにくい方かと思っていたが。そうでもないんだな」

「大砲の扱いもうまいらしいし。今度、休みの合うやつらで釣《つ》りに行くらしい」

「あそこの連中、何考えてるんだ」

決闘の件は暗黙のうちに箝口令《かんこうれい》が敷かれているから、ほとんどがあの騒動を知らない。それだけに、士官たちは寄ると触るとこの話題で持ちきりだった。

「よほど、怒らせるとまずい人物を怒らせたとかかな？　気になるな」

「わからん。探りを入れてみても、知らぬ存ぜぬの一点張りだ。たぶん上官も事情わかってないんだろ」

「陸軍大臣か何方《どなた》か、上層部のお知り合いからの横やりって聞いたぞ。二枚目の色男が、御大臣の奥方にでも手を出したのか？」

「あの都築中尉が？　想像つくような、つかないような……」

いくら考えてもわからない。

首を捻る士官たちとは裏腹に、新たな上官を迎えた砲兵小隊だけは賑《にぎ》やかに活気づいていた。

伊生《いお》の手を握ったまま、スズメがため息をつく。

伊生の歩行練習はこのところ、天気が良ければ中庭で、そうでなければ室内を中心に毎日繰り返されている。

昼食を摂ったあと、今日は風が強いので外に出るのはやめて、廊下で練習することにした。手すりがなくて床がつるつるしているので、中庭よりは少し歩きにくくて難易度が高い。

「伊生さん、ゆっくりね。焦《あせ》らないで」

後ろ向きになったスズメが腰を屈《かが》め、立って歩くコツを覚え始めた伊生の手を添える程度に軽く支える。あとは伊生が両足でしっかり立てるよう、練習あるのみ。

赤子のうちに人間は、自然と歩くことを習得する。

その時期に寝たきりになっていた影響で伊生の下半身には筋肉がほとんどつかず萎《な》えっぱなしだったが、根気強く訓練を繰り返せば、必ず歩けるようになる――そう主治医が座学も交えて指導したこともあって、伊生の回復ぶりは目覚ましい。

今までは体質も虚弱《きょじゃく》で歩行訓練すら難しかったが、一歩踏み出してからは早かった。たぶん、精神的なものも大きく影響していたのだろう。

「そこで立って、いくつ数えられるか、やってみましょうか」

「はい、姉上。ひとーつ、ふたーつ、みっつ、よっつ……」

伊生がスズメの手を離し、自力でまっすぐ立っていられる時間を数える。百まで途切れず数えられるようになることが、今の伊生の目標だ。

「頑張って！　十まであとちょっとよ」

伊生の練習に付き添いながらも、スズメはなかなか落ち着けない。

緋生が電撃的に異動になって、早数日。

緋生が降等処分を受けたということは都築邸の人間たちにも大きな衝撃をもたらしたが、いかんせん、当の本人がまるっきり気にしていない。

むしろ、いつもの任務と全然職務が違ってかえって新鮮だと、しかも大砲を扱えるんですよとふだんより晴れやかに出勤していったくらいなので——なんとなくスズメたちも大仰に嘆くことができなくて、やるせない気持ちをどう処理したらいいのかわからないでいる。

ひとつわかっているのは、あれが緋生の強がりではないということだ。

それくらいは、あのきらきらとした目を見ればわかる。

「——やっぱり、尾之江《おのえ》のおじさまのしわざよね」

スズメたちの背後に控えていた蕗《ふき》がそうだそうだと言わんばかりに頷《うなず》くが、伊生の正面に立って様子を見守る柏木《かしわぎ》は、いつものように冷静に、そして穏やかに答えた。

「仮にそうだとしても、旦那さまはそうだとは仰《おっしゃ》らないでしょう。奥さまがお気に病まれる必要はございません」

女性陣はひどい処分だと、緋生にとって不当な判断だと憤っているのだが、男の受け止め方は少し違うのかもしれない。

「でも、お仕事の内容が今までとはまるっきり違うんでしょう？　危険な目に遭《あ》ったりはしないかしら。渡良瀬《わたらせ》さんとも離れてしまうのだし……大丈夫かしら」

心配そうなスズメを前にすると、さすがの柏木も、軍隊とはもともと危険に向き合う場所でございます、とは言いかねる。

三十と少し数えたところで力尽きた伊生がよろけたのを見て、スズメがぱっと手を握って支え直す。

「あらあら、大変。お疲れね。今日はこの辺で切り上げましょうか」

「まだ頑張れますよ、姉上。あとちょっと！」

「一度休憩して、続きは夕方にでもしましょうよ」

一息入れるために、奥座敷へ移る。

そこには女中たちが、休憩するための支度を万全に調えていた。

暑い盛りの時期なので、喉を潤す冷茶は欠かせない。それから、汗を拭《ぬぐ》うための金だらいに張った水には、砕いた氷が浮かべてあった。

「坊ちゃま、汗はきちんと拭いませんと、またお風邪を召してしまいますよ」

世話好きの蕗に手拭いを渡され、伊生はそれを受け取って自分の顔を気持ちよさそうに拭った。

盛夏のこの時期は、じっとしていても汗が浮かぶくらいだ。一所懸命練習を頑張った伊生が汗だくになるのも当然である。

さっぱりしたあとで、伊生が半ズボンのポケットの中を探った。緋生の懐中時計そっくりの金色の菓子容器には、宝物をしまってある。

隣に座るスズメの膝によいしょと登って、中にしまってあった色とりどりの金平糖《こんぺいとう》を差し出した。

「姉上、差し上げます。どうぞ」

伊生は歩行訓練や勉強を頑張ったときに、金平糖をひとつずつ食べるのを楽しみにしている。

「こんなにたくさんもらっちゃったら申し訳ないわ。金平糖は伊生さんの大好物でしょ？」

「お礼です。僕の練習を、毎日一緒にしてくれるんですから」

「まあ。それじゃあ、遠慮なく」

せっかくの伊生の厚意を無にするのも忍びない。

ひとついただくわね、と断って、スズメは桃色の金平糖をひとつ、お相伴した。

「おいしいですか？」

「ええ、金平糖は私も大好き。見た目も綺麗《きれい》で可愛《かわい》いわよね」

「兄上がね。お土産だって言って、わざわざ評判のいいお店に行って買ってきてくれるんですよ」

「まあ、そうなの。緋生さんは、いいお兄さまなのね」

金平糖は緋生に似ていると、スズメは不意に思った。あまくて綺麗で優しい味わいなのに、ちょっとだけ尖《とが》ったところがある。

口に入れたらふんわりと溶けてしまいそうな淡々《あわあわ》しい見た目をしているのに、芯は硬くてごつごつしていて、すぐには噛《か》めない。

「一筋縄ではいかないところが、なんだかそっくりね」

思ったことをそのまま口に出してしまっていたせいで、それを聞いていた柏木と蕗が顔を見合わせて頷いた。柏木が実直な表情のまま、スズメの膝から伊生を引き取る。

「伊生さま、そろそろお部屋に参りましょう。午後からは、算術の先生がいらっしゃるお約束でございます」

「ねえ、柏木。先生はもしかして遅刻なさったりしないかな」

「なさいません。時刻どおりにいらっしゃいます」

柏木に押し切られて、伊生がしぶしぶと自分の部屋へ戻る。

「奥さまは旦那さまのことを、本当によく見ていらっしゃるのでございますねえ」

蕗が、にこにこと微笑《ほほえ》む。

ぱっと見は厳しそうに見えて、蕗は本当に愛情豊かだった。年齢でいえば乳母より年上で、スズメにとっては祖母のような年代の女性である。

緋生が若くして継いだこの都築邸を、この女性と柏木とで陰ながら支えてきたのだ。

「そうかしら」

「ええ。急にご結婚がお決まりになったときはどうなるかと思ったのですけれど。ご夫婦のお仲がよろしくて、わたくしどもも嬉《うれ》しゅうございますのよ」

そう言って蕗が席を立ち、スズメひとりが奥座敷に残される。

真夏の昼下がりだというのに、この座敷は木陰にあるせいで風がよく通って涼しい。敷地内の小高い山から吹く風は水と土の匂いをたっぷりと含んで、夏でも爽《さわ》やかだった。

さわさわとした葉擦れの音と、軒下に下げた風鈴の音。

夏の音色にひとり静かに耳を傾《かたむ》けていると、口の中の金平糖がほろりとほどけた。

「――緋生さん。金平糖。緋生さん」

緋生さんは金平糖、と口の中で言葉を転がして遊ぶ。

朝颯爽《さっそう》と出立する姿を見送ったばかりでまだ数時間しか経っていないのに、早く帰ってきてくれないかしら、と思ってしまう。

「人事異動の日に、平然としたお顔で帰ってきて皆を仰天させた緋生さん」

自分のことで周囲を不安にさせない性格は、とてもしなやかで強い。

「それどころか、皆をびっくりさせて、ちょっとおもしろがっていた緋生さん」

飄々《ひょうひょう》としてちょっといじわるなところも。

「それでも」

緋生は優しいのだ。

強い人ほど優しいと女学校の修身の授業で習ったけれど、それは本当のことだと思う。

己を律し、周囲をよく見ていなければ、一家の主は務まらない。

家族や使用人たちをまとめてその手で庇《かば》うくらいの度量がなくては、この屋敷を背負って立つことなど不可能だ。

その重責を緋生は、若くして背負うことになった。

両親と妹を失い大怪我《おおけが》を負って、嬰児《みどりご》の弟を抱えながら。

「今更言ってもどうしようもないけれど」

その当時に緋生に出会っていたら、とスズメは思わずにはいられない。

「五年前だから緋生さんは十九歳——私は十二歳のときね」

まだ肩揚げも取れていなかった子供のスズメに、何ができるというわけでもないけれど。

「伊生さんの子守りくらいはできたし、緋生さんのそばにいてあげることだってできたはずだわ」

大切な身内を亡くした人の気持ちは、スズメにも理解できる。寂しくて寂しくて誰かにそばにいてほしい夜があることも、ただ泣きたい夜があることも知っている。

優しい故人に会う夢を見て、その懐かしい夢から目覚めたとき——胸が引き絞られるような気持ちも知っている。

そういうときは無性に人恋しくて、誰かに優しく背を撫《な》でてほしい気持ちになる。温かい腕に包みこまれて、安心したいときがある。

人はきっとその気持ちを、切なさと呼ぶのだろう。

「……やだ。私も、お母さまに会いたくなってきちゃったわ」

緋生さん。

目を瞑《つぶ》って、スズメはもう一度その名前を呼ぶ。

いつのまにか、するりとスズメの心の真ん中を占めてしまった人。

スズメを喜ばせたり悲しませたりして絶対に飽《あ》きさせない、一生そばにいてほしい、そして幸せにしてあげたい――と。

いろいろなことをスズメに考えさせ、そしてそれ以上の幸福をスズメに与えてくれる人。

恋している、とスズメは自覚している。生まれて初めて味わうこの昂揚、ときめき。

緋生に恋している。

「そして緋生さんは、嘘《うそ》をつかない人――結婚しても恋はできるって言ってたの、本当だったのね」

急激に陽が陰り、激しい雨が地面を叩《たた》き始める。

夏も終わり。

そろそろ、台風の季節である。

「ラジオの情報では、明日の昼過ぎには抜けていく見込みだそうだが……久々に、でかい規模のやつが来たな」

食べ終えた食器をテーブルの端に寄せ、膝を組んで新聞に目を落としていた渡良瀬が、ちらりと窓の外に視線を投げた。

来る台風に向けて、陸軍では総員警戒態勢に入っている。

すでに雨は降り始め、強風が官舎内の大木を揺らして騒々しい。室内は、晩夏の昼下がりだというのに寒々として薄暗かった。

電気が時折、不自然にちかちかと瞬《またた》く。

食事を終えて箸を置いた緋生も、物思わしげに外を眺《なが》める。

「停電するのも、時間の問題でしょうね」

台風でなくても、天候の影響などでしょっちゅう電気は止まる。電気は便利なのだが電線がとても繊細で、天候次第では復旧に数日を要することも珍しくなかった。

緋生は口には出さずに、暗闇恐怖症の妻のことを案じる。

「今回の台風のコースだが。このパターンは、数年前の台風のときと似ているんじゃないか？」

官舎の休憩室は、いつもなら遅めの昼食で比較的のんびりとしている時間帯だ。でも今日は勝手が違う。

「あのときは確か、江戸川《えどがわ》付近の家のほとんどが冠水し、百人を超す死者が出ましたっけね」

東京湾《とうきょう》も江戸川も普段は恵み豊かだが、天候次第で暴れ水、暴れ川と化す。今回は、停滞している秋雨前線の影響もあってそのときより被害が大きいかもしれないと中央気象台が警告を発していた。

大型台風の襲来――緋生たちのいる陸軍にはあちこちの屋敷や自治体から応援要請がひっきりなしに入電してくる。

薄暗い休憩室にも緊迫感が増し、こうして出動前の兵士たちが腹ごしらえを急いで済ませては慌ただしく席を立つ。

軍で供される食事は味付けはともかく量が多い。それをすべて平らげる胃袋を持つことも、軍人の嗜《たしな》みのひとつだ。食べなくては、体力がもたない。

近衛連隊にいたときよりはるかに運動量が増したので、このところ緋生の食事の量も比例して増えている。

「着任早々駆り出されることになるぞ、お前」

要人警備が主な近衛連隊とは違い、雑用係ともいう部署に配属されて数週間。冗談ごとではなく雑務が多く、大砲の訓練も合わせて行っているので緋生は毎日大忙しだった。

だがどちらかというと儀礼にばかり駆り出されていた近衛連隊にいたときより、走り回っているほうが性に合っているような気がしてきたのは、スズメの影響だろうか。

「覚悟の上ですよ。今夜はもともと高潮の警報が出ていましたし、僕もこれから河口大橋の辺りへ出ます」

それにしても、誂《あつら》えたようにちょうどよく台風が来ましたね、と緋生が爽《さわ》やかに笑う。

渡良瀬が渋面を作った。

「砲兵の連中は矢面に立つから、負傷する案件も多い。気をつけろよ」

「自分が怪我することを気にしていては、市民を助けることはできませんよ」

所属部署が変わっても、渡良瀬とこうして食事休憩の時間などにお互いちょくちょく顔を合わせる機会があるのは不幸中の幸いだった。

「お前なあ……変なところでまじめなのやめろ。普段は不良軍人のくせに」

渡良瀬は緋生が異動になったのは自分が巻きこんでしまったせいだと己を責めていて、ここのところずっとご機嫌斜めだ。険しい顔をしてぴりぴりしているので、年若い部下たちはびくびくして遠巻きにしているくらいだった。

「渡良瀬副官、その目つきの悪さを改善してください。かわいそうに、皆が怖がっているじゃないですか。近衛連隊もこのあと宮殿警備でしょうに」

「ちくしょう、どこまで陰険なやつなんだ。例の件で勝負はきちんとつけたのに嫌がらせをしてくるなんて、男の風上にも置けん」

近衛連隊は陸軍の中でも選び抜かれたエリートしか入隊を許されない。希望したからといって誰でも軽々しく配属されるような部署ではないのだ。

学歴しかり、血筋しかり。

厳しい精査に合格した、栄光ある軍人のみが配属される部署である。

緋生と同時期に近衛連隊に配属された渡良瀬には、近衛連隊隊員として抜擢された自分に対する矜持《きょうじ》があった。

いらいらと指先で卓上を小突く渡良瀬を、緋生が静かにたしなめる。

「渡良瀬副官。僕は別に異動を、不当な処分だとは思っていませんよ。むしろ視野を広げるためのいい機会になったと思っています」

「なにぃ？」

「近衛連隊も砲兵課も同じ陸軍、お国のために尽くすという使命に変わりはありません。僕は僕に与えられた試練を受けて立つつもりでいますし、正直なところ――こちらもなかなかに興味深くておもしろい連中が揃《そろ》っていましてね。時機を見て紹介しますよ」

話してみると結構気のいい連中なんです、と緋生が笑う。

「大砲には以前から興味がありましたからね。詳しい連中に教えてもらえて勉強になっています。先日の休日には、男たちばかりで川釣りに出かけたんですよ。釣り立ての魚は、スズメさんも伊生も喜んでくれました」

「……初耳だ。お前、なんだかんだで満喫しているじゃないか」

「おかげさまで」

なので着任早々にもかかわらず、緋生は砲兵課であまり浮いていない。

むしろ、率先してきびきびと働く上官を歓迎している節さえあった。

それに、と湯飲みを空にしてから緋生が続けた。

「曲がりなりにも一般人相手に決闘騒ぎを起こしたんです。退役処分になってもおかしくないかなと予測していたんですよ。これくらいの処分で済んで御の字だと思わなければ」

この若さで隠居というのも世間的にどうかと思いますからねえ、と、緋生はどこまでも緊張感がない。

「お前がそういう態度でいると、俺がいらいらしているのがなんだか馬鹿《ばか》らしくなってくる」

とはいえ、緋生はこの件に関して一切後悔していない。

きっぱりとそう告げると、さすがに渡良瀬が苦笑した。

「おい、そこはお義理にでもいいから少しは気にしろ。お前があんまりにも悪びれないものだから、気の毒に、叱責《しっせき》するべき上官たちが困り果てていたじゃないか」

そう言って、渡良瀬も自分の湯飲みを一気に空にする。

「――そういえばお前、入隊したばかりの頃から妙に老成していて、早く隠居して釣り三昧の生活を送りたいとか抜かしていたっけなあ。当時の上官がそれを聞いて絶句していた――お前、根本的にちっとも変わっていないんだな」

「そんなことを言っていたこともありましたかね」

緋生はわずかに顔をしかめて答えた。付き合いの長いぶん、渡良瀬は覚えていなくてもいいことまで細かく覚えているようだ。

「若い頃から出世に無関心で、上層部に可愛がられても迷惑がる。かといって優秀だから疎《うと》んじるわけにもいかない。お前の扱いには今でも、上層部は頭を悩ませているんだろうな。この問題児め」

緋生は聞こえていないふりをして、そっぽを向いていた。

軍人を多く輩出してきた都築家の人間として、変わり種である自覚はある。

「あの頃降等処分なんてされたらお前、絶対にへそを曲げて屋敷に引きこもっていただろう。人は変わるもんだ」

お茶当番の少年兵が、緋生と渡良瀬の湯飲みにお茶を継ぎ足しに大きな薬缶《やかん》を持って飛んでくる。

上官の世話をするのは下士官の仕事のひとつだ。

横柄な態度を取る者が多い中で、緋生は一番階級の低い少年兵ににっこり微笑《ほほえ》みかける。

「やあ、ありがとう。でもお茶くらい自分で注ぐからいいよ。きみは自分の職務に集中したまえ」

「いえ、これも自分の仕事でありますのでっ！」

少年兵が、きらきらした眼差《まなざ》しを緋生に向ける。

恐ろしく剣の腕が立ち、ピストルの名手でゆくゆくは陸軍内外に名を轟《とどろ》かせることになるであろう緋生は、若い兵士たちの憧れの的《まと》だ。

そんな立場だというのに緋生は必要以上に偉ぶらず、下士官に対して理不尽な要求をしないし物腰もやわらかい。

そのうえ、この涼しげな風貌。

無骨《ぶこつ》な男揃いのむさ苦しい陸軍において、緋生の存在は一服の清涼剤のようなものだった。

お茶のお代わりを口に運びながら、渡良瀬がしみじみ言う。

「不思議なやつだよ、お前って男は」

「そうですか？」

「結婚してから、ずいぶん変わった。守るものが増えたせいかと思っていたが、お前が守られてもいるんだな」

そこで緋生は初めて表情を繕い損ねた。

頬を薄く染め、それを見られないよう肘を上げてさりげなく隠す。

「……そういうことに、なりますかね」

「いいなあ。俺もそんな細君がほしい。そろそろまじめに身を固めることを考えてみるかな」

それぞれの部下が、つかの間の休息を終えた上官を迎えに来る。大型の台風からこの国を守ることが、陸軍兵士ひとりひとりに課せられた重要な任務である。

ふたりは軽く手を上げて挨拶《あいさつ》を交わし、それぞれの戦場とも呼ぶべき職務へと戻っていった。

大きい雨粒が地面を穿《うが》つので、芝の綺麗《きれい》に生え揃っていた中庭も水浸しになってしまった。庭師の老人が玄関先に運びこんだ植木鉢の類《たぐい》を隅に寄せながら、庭園の樹木を案じている。

スズメも小さな花鉢の世話を引き受けて手伝っていた。

「芝も荒れましょうが、もっと心配なのはぐるりと囲った樹木のほうでございますよ。根からやられて倒れたら、かなりの手間をかけないともとのようには戻らないものでございますから」

「この荒れようだもの。仕方ないわよね。手入れをするときは人手が要《い》るでしょうから、たくさんの人をお願いしましょうね」

夕暮れに近くなればなるほど、雨風が激しさを増していく。強い風が雨戸をガタガタ揺らし、古い屋根が軋《きし》んで重い音を立てた。

「奥さま、どちらですの？」

蕗が探しに来たとき、スズメは屋敷の中をひととおり見て回って、台風のために使用人たちがいろいろ手を打っているのを見たり手伝ったりしていた。

「ここよ」

都築邸に勤めている男たちのほか、近隣に住む男たちも、あれやこれやと手伝いに馳《は》せ参じていた。庭に出ている荷物を土間や倉に運び、馭者《ぎょしゃ》は馬小屋に繋《つな》がれた馬たちが怖気《おじけ》づいて暴れたりしないよう、懸命に宥《なだ》めている。

厨房《ちゅうぼう》では炊事係の女性たちと近所の女性たちとで協力し合って非常用の食事を用意する。そのためいつもより人で溢《あふ》れて、どこも大変な騒ぎだった。

「古いお屋敷でございますが、何度か補修工事をしておりますから。並みの台風くらいではびくともしやしませんので、ご安心くだせえ。雨漏《も》りぐらいはあるかもしれませんから、備えをしておかなくてはいけませんや」

威勢の良い大工たちはそう言って不安のある渡り廊下や屋根裏の補強をし、女中たちは先祖代々受け継がれてきた都築家の家財道具が濡《ぬ》れて汚れたりしないよう、白い敷布をかけて回る。

雨戸を外から打ちつけ、戸締まりも万全にして、打つべき手はすべて打っておく。

蕗に連れられて奥座敷に戻ったスズメも仏壇を閉めて綺麗な布で覆《おお》い、万が一の際には持ち出せるよう、緋生の両親の位牌《いはい》を丁寧に包んで持ち出し袋に詰めたりし始めた。

「奥さま。きっと停電するでしょうから、蝋燭《ろうそく》をたくさん用意しておきましょうね」

スズメが暗いところが苦手だということは今では屋敷の誰もが知っているから、蕗がなかなか火の消えない大きな蝋燭と、予備のカンテラを納戸からありったけ持ち出してきてくれていた。

「そうね。夜の間は停電だけはしてほしくないけど、無理でしょうね」

もう、停電の前触れは始まっている。

どんな悪天候でも絶対に消えない電灯があったら、どんなに便利だろうとスズメは思う。暗闇の中では、ほんの一筋でも明かりがあれば、いいようもなくほっとするだろうに。

「……真っ暗になったらどうしよう。緋生さんもいないのに」

「姉上、大丈夫ですよ。僕が一緒にいてあげますからね！」

伊生がそう言って、スズメのそばにぴったりと座って離れない。普段なら勉学の時間だが、こんなお天気では、勉強どころではなかった。

まだ小さい伊生がただならぬ天候を怖がっているのは誰の目から見ても明らかなので、いつもは口うるさい柏木も、今日ばかりは注意しない。

「伊生さん、そちらのお写真をこの風呂敷で包んでちょうだい」

「お父さまとお母さまの写真ですね。包んでどうするんですか？」

「濡れてしまわないようにしておくの。写真は水に弱いから」

数年前の台風のときに、蓮実邸でもあわや浸水という被害に遭《あ》ったことがある。

そのとき家令や乳母がしていたことを思い出し、大事なものをまとめて水から守る。

こういうときにあれもこれもと欲張っては、かえって逃げ足が遅くなる。

必要最低限のものだけを持ち出し袋に詰め、屋敷に残すものは敷布で覆っておくくらいのことしかできないが、緋生たち兄弟の思い出の詰まった屋敷なので、できる限りのことはしておきたかった。

「このお写真は伊生さんのポケットにしまっておきなさい。きっとお父さまもお母さまも、伊生さんを守ってくださるわ。お姉さまの、爽子《さわこ》さんのお写真もね」

「避難、することになるんでしょうか」

「たぶん、今の感じではそこまでにはならないと思うけど……」

不安げなふたりに、蕗が口を添える。

「このお屋敷は土台がしっかりしておりますから、大抵のことなら耐えしのげますわ。ただ裏山の水はけがここのところ悪くて、もしかしたら冠水するのではないかと男たちが申しております」

「冠水するの？　そうしたら、他の場所へ行くの？」

伊生の問いに、蕗が少々困ったように眉根を寄せた。

「どうなるかは、天の神さまがお決めになることなので蕗にはわかりませんわ。ねえ、奥さま」

「大丈夫よ。近くに大きな川があるわけじゃないし、浸水したとしても畳まで上がってきたりはしないでしょう。ただまあ、安全のために避難することは、準備しておいても無駄にはならないもの」

引っ込み思案が治ってだいぶ朗らかになってきたとはいえ、歩けないことを気にしている伊生は、あまり外部の人間と接触したがらない。

「いざとなったらお二階暮らしかしら。納戸や小部屋ばかりだけど」

わざと明るく取り成して、スズメは伊生のふっくらした頬を両手で包んだ。

「心配しなくて大丈夫。きっと、そうひどくならないうちに台風なんて通り過ぎちゃうわよ」

「本当ですか？」

「そうよ。そうだわ……私、伊生さんにお願いがあるの」

スズメが小首を傾《かたむ》けて、伊生の聡明な目を覗《のぞ》きこんだ。

「私ね、暗いのが大嫌いなの。停電したらきっと、怖くて何もできなくなってしまうわ。伊生さんがカンテラを持って、ずっと一緒にいてくれたら助かるんだけど……」

重要任務を任されて、伊生の顔が、ぱっと輝く。

「はい、任せてください！」

そこへ、敷地内の見回りに指図にとあれこれ忙しい柏木が早足でやってきた。

「奥さま、屋敷の補修はひととおり済みましたのでご安心くださいませ。手伝いの者たちも土間に入れて労っているところでございます。伊生さま、大丈夫でございますか？　柏木がおんぶをいたしましょうか」

完璧な家令は、気遣いも忘れない。

彼に向かって、カンテラを抱えていた伊生が胸を張った。

「平気だよ、柏木。僕ね、姉上をお守りするんだよ！　停電したら、明るく照らしてあげるの」

さようでございますか、と柏木がやわらかく返事をした。それから、スズメに向かって遠慮がちに続ける。

「このぶんでは、旦那さまも今夜はきっと徹夜作業になるでしょう。お忙しくてご連絡が来ないやもしれませんが、なにとぞご理解くださいますよう」

慇懃《いんぎん》な口調で釘を刺されて、スズメは苦笑いしてしまった。

「はい。わかっていますから、もう納戸に隠れたりしないわ。安心してちょうだいね」

スズメの姿が見えなくなったとき、柏木は顔色ひとつ変えないまま、内心はひどく取り乱していたらしい。

――この人は、すごくびっくりしたりしても顔に出ないだけで、実は優しいのよね。

とりあえず思いつく限りの準備を済ませようと、スズメは気合を入れ直した。

「さあ、次は厨房にいって、焚《た》いたばかりのごはんで、全員分の大きなおにぎりを作るわよ！」

「はい、僕もお手伝いします！」

カンテラを大切そうに抱えていた伊生が、きりっと表情を引き締めた。


高潮の影響で、東京湾沿岸は辺り一面浸水被害がひどい。特に緋生が向かった江戸川河口にあるいくつかの農村では、すでに避難作業が始まっていた。

緋生の所属する砲兵課のほか、数カ所の部署の人間が非番の者も含めて全員、逃げ遅れた近隣の住民たちの救出作業に当たる。

「住民はこちらへ！　荷物はいい、先に上がれー！」

野太い声を上げて軍人たちが、陽も暮れた海岸を長靴を履き、ゴム合羽を着た姿で走り回る。

海に近い木造の橋の上を、住民たちが雨風によろめきながら通り過ぎていく。

数分前に停電してしまい、辺り一面真っ暗闇だった。

この辺りはガス燈《とう》も普及していないし、第一、この風と雨ではすぐにかき消されてしまって無意味だ。松明《たいまつ》を掲げたいところだが、火がもたない。

それぞれが家から持ち出してきたカンテラやガスランプなどが頼りだった。

陸軍の男たちは保護帽《ヘルメット》を被り、片手の懐中電灯で周囲を照らして援護する。

真っ暗な海は大きくうねって陸地へ襲いかかり、氾濫した河にかかる古い大橋が流されるのも時間の問題だ。

河口では、海と河の水とがもろともに襲いかかってくる。予想より早く訪れた水害に、住民たちは悲鳴を上げながら右往左往していた。

足腰の弱い老人たちは、軍人たちが背負い、小高いところまで連れて行く。

礫《つぶて》のような雨が打ちつける中、川岸ではすでに膝下がどっぷり浸かるほど冠水していて動きにくい。女子供たちの中には、水に足を取られて流されかける者も少なくなかった。

万が一水辺に滑り落ちたでもしたら、命はない。親たちは子供を背負ったり抱き上げたりして、懸命に、軍人たちが誘導する避難所へ向かう。

軍の人間と近在の男たちが協力し合って、川べりにありったけの止水板や土嚢《どのう》を積み上げていた。海岸や川岸からの浸水を、少しでも防ごうというのである。

水はすでに大橋の橋床《きょうしょう》を浸し尽くすまでに上がっていたが、この数分で急激に水かさが増してきた。

――これ以上は危険だ。

緋生はそう判断する。

激しい雨音と波音にかき消されないよう、首から提げていた非常用の笛を力いっぱい吹き鳴らす。

「総員撤退！　全員、上へ上がれ！　目印は篝火《かがりび》だ！」

丘の上にあった煉瓦造《れんがづく》りの図書館を開放して、簡易的な避難所を設営してある。そこまで上がってしまえば、とりあえずは安全なはずだった。

避難所の入り口では、下士官の数人が松明を持って大きく振り回して誘導する。

「都築中尉どの、あちらです！　さあ、お早く！」

「僕たちが最後か。逃げ遅れた者はいないか!?」

一緒に行動していた下士官たちのうちのひとりが、汗まみれになりつつも緋生に返事をする。

「私が確認して参ります！　都築中尉はどうぞお先に、避難所へ！　ここは危ないです！」

「馬鹿を言うな、この場の責任者は僕だ。最終確認をしてから行くから、きみたちこそ先に――」

そこで、緋生の声が一瞬途切れた。

篠突《しのつ》く雨の中、保護帽と深く被ったゴム合羽で目まで覆《おお》った部下が不審に思って顔を上げる。

「どうなさいました!?」

ごうごうと凄《すさ》まじい音を立てて流れていく、泥水の入り混じった河口を、行き交う士官たちが掲げる懐中電灯やカンテラが照らす。

真っ暗な波の合間に、赤いリボンが見え隠れしていた。

「誰かが流されている――っ！」

緋生は躊躇《ためら》うことなく走り出し、濁流渦巻く河の中へ飛びこんでいた。

かたわらの下士官たちが、悲鳴じみた声で叫《さけ》ぶ。

「都築中尉…………っ⁉」


赤いリボンをつけた少女がひとり、濁流に飲まれて深いところまで流されていた。

緋生は橋の上から荒れ狂う河に飛びこみ、少女を追う。

赤いリボンは、スズメを連想させる。

それと同時に緋生にとっては、妹の爽子を思い出させるものでもあった。

流れが速く視界も悪い中では、一瞬が勝負――緋生が奇跡的に少女の腕を掴《つか》むことに成功し、流れに逆らって引き寄せる。

暴れ水の中には、折れた大木や人力車などがまるで木の葉のように押し流されている。その大木の破片《はへん》が緋生の肩をまともに直撃して、激痛に呻《うめ》く。

「う……っ！」

「都築中尉、こちらへ！」

橋の上で士官たちが明かりを掲げ、緋生が掴まれるように縄や救命具を手当たり次第に投げる。

橋の上に這《は》いつくばって身を乗り出し、ふたりを引き上げようとする者もいた。

救助した少女はすでに気を失っていて、ぴくりとも動かない。

物言わぬ少女の姿に、あの忌《い》まわしい事故を思い出す。少女の身体を揺さぶって、緋生が叫んだ。

「しっかりしなさい、必ず助ける！」

――あのとき僕は、爽子を助けられなかった。

でも今は違う。

もう、緋生はあのときの緋生ではない。

「つぐ………！」

少女を片手で抱えて橋に向かおうとすると、左肩に凄まじい痛みが走った。大木の衝撃で、肩の骨を折ってしまったのかもしれない。

左手に力が入らず、少女を右腕で抱え直して泳ぐ。足がつく深さではないし流れも速く、緋生ごとだんだんと流れに押し流されて橋のたもとから離れていく。

「都築中尉、早くこちらへ！」

「中尉どの！」

必死に呼びかける部下たちの声が徐々に遠くなり、緋生が被っていた保護帽も、顎紐が外れてあっという間に流されていってしまう。

それでも緋生は諦めることなく、戻ろうとした。その背後を、何者かの手が力強くぐっと押さえる。

「何をやっているんですっ！　このままだと流されますよ！」

いつもの洒落《しゃれ》た洋装を上から下まで泥水だらけにした那由多《なゆた》が、髪から水を滴《したた》らせ、焦《あせ》った様子で緋生を支えていた。彼も流されている少女を見つけ、とっさに飛びこんでいたようだ。

那由多が腰に巻きつけた命綱を引いてくれるよう、橋の上にいる男たちに合図を送る。

「確保した！　引っ張ってくれ！」

橋の上にいる人間が力を合わせて、縄を引く。

橋の上まで引き上げるのは困難なので斜めになっている防波堤へ回り、三人ともが命からがら、ようやくのことで救助される。

その直後、それまで耐えに耐えていた木造の大橋がめりめりと音を立て、暴れ水に流されていった。


「……そろそろ、台風の目に入る頃でしょうか」

柏木が少し声を低めて、外の物音に耳を澄ませる。

「そうね。今のところ無事だし、このまま通り過ぎてくれるといいんだけど」

暗闇に包まれた室内で蝋燭をいくつか灯《とも》して、都築邸に仕える女性たちのほとんどがスズメのいる奥座敷に集まってきていた。

男性陣は、厨房近くの座敷で疲れた身体を休めている。女性ばかりの奥座敷にいる男性は、伊生と、家令の柏木だけだった。

時刻は真夜中近く、薄い肌掛けに包まれた伊生はスズメの膝を枕にぐっすりと眠っている。

「ちょっと様子を見て参りますわね」

蕗がそう言って、数人の女中と一緒に立ち上がった。

多くの女中たちは気疲れしてぐっすりと眠りこんでしまっていたので、起こさないようにとスズメが指示する。

そこへ、不意に地響きの音が届いた。

「…………これ、何の音……？」

地震にも似た、低い地鳴りの音。

大きく地面を揺らし、どんどん近づいてくる。

「まさか、地滑りですか……!?」

柏木がはっとしたように立ち上がって伊生を抱き上げようとする。それより一瞬早く、スズメが伊生を胸に抱き込んだ。

それまで持ちこたえていた裏山が土砂崩れを起こし、都築邸の敷地内へ雪崩《なだ》れこむ。

大量の土砂が都築邸に押し寄せ、古い屋敷を土台から崩す。柱が引き倒され、爆音とともに屋根が落ちる。

屋敷の半分ほどが倒壊し、スズメたちのいた奥座敷はひしゃげた屋根の下敷きになってしまった。

一瞬のできごとで——あまりに、一瞬すぎて。

伊生を守るように抱えこんだまま、倒れこんだスズメは目を瞠《みは》る。

「…………………っ!?」

何かに腰から下を挟まれて、圧迫されてひどく痛かった。

もうもうと土埃《つちぼこり》が立つ中、大黒柱が斜めに倒れて、スズメたちが倒れている床と落ちてきた屋根との間にわずかな隙間を作っている。スズメは伊生を抱えたまま腹ばいになっていたが、身動きひとつ取れない。頭を上げようとしても、崩れ落ちた天井か何かに遮《さえぎ》られてびくともしなかった。

「柏木さんっ!?　どこ!?」

鼓膜を突き破るような、柱がめきめきと倒れる音や瓦礫《がれき》の音が何度も続き、そのたびに地面ごと揺れる。

遠くから、女性の悲鳴が聞こえたような気がした。

「皆、大丈夫!?　……返事をして！」

周囲にはたくさんの使用人たちがいたのだ。ほとんどが居眠りをしていたから、防御の体勢を取ることすら難しかっただろう。

慌てて周りを確かめようと思ったけれど、苦しくて息もまともにできない。咳きこむたびに足や手に激痛が走る。今にも、倒れた家具や壁に押し潰されてしまいそうだ。

——骨が、折れてしまっているみたい。

吐《は》き気がするくらいに痛いし、息ができなくて苦しい。

「……ここから、出なくちゃ……」

半ば朦朧《もうろう》としながらスズメは、腕の中から血の匂いがすることに気づいて息を呑《の》んだ。

「伊生さん、どうしたの⁉　……しっかりして！」

ぐったりと目を瞑《つぶ》ったままの伊生は、スズメの声にぴくりとも反応しない。スズメの袖を、伊生の血が濡《ぬ》らす。

「どこか怪我をしたの⁉　頭を打ってしまったの⁉　誰か、誰か来て……っ」

きっと、スズメたち以外の人間も怪我を負っている。

瓦礫に埋もれ、救出されるよりも先に窒息してしまうかもしれない。

スズメはせめて伊生の出血だけでも止めようと、自分の袖を腕の中の小さな頭に押しつけた。

身じろぎひとつできない、瓦礫の中。

屋敷が崩れる音が鎮まって、恐ろしいほどの静寂が耳を打つ。

ぞっとするような静けさと、暗さだった。

「——真っ暗、だわ…………」

大嫌いな暗闇だ。

せめて明かりがほしいと思ったが、このぶんでは蝋燭の火も消えてしまっているだろう。

——火が消えているなら……火事にだけは、ならずに済みそうね。

台風に停電に土砂崩れまで加わってしまったのだ。これ以上の災害はいらない。

生死の境に立っているというのに、スズメは心のどこかでひどく冷静だった。人間は死が近づくと妙に冷静になると聞いたことがあるけれど、それはもしかしたら本当なのかもしれない。

伊生を助けなければ。

この隙間から這い出して、柏木や屋敷の皆を助けなくては。

そう思うのに、窒息して意識がたちまちのうちに遠のいていく。沈みゆく意識の片隅で、スズメは必死に思う。願う。

「緋生さん…………！」

緋生さん。

たすけて。


叫びはもはや声にならず、スズメはそのまま意識を失った。

＊

怒号が聞こえる。

耳をつんざくような声と、身体に伝わる振動に、スズメはうっすらと目を開けた。

狭い空間に一瞬自分がどこにいるのかわからなかったが、土埃にまみれた薄い空気に、瓦礫に挟まれて閉じこめられたことを思い出す。

全身が痛くて、おまけにびしょ濡れだった。

「頭もがんがんする……」

腕の中の伊生は、まだ気を失っていて身じろぎひとつしない。

「な、に――…………？」

依然として真っ暗なままの視界の端になにか光るものが見えた気がして、スズメは寒さに震えながら目を瞬《またた》かせる。

どるる、と自動車のエンジンのような音がとても近い場所から聞こえて、がらがらと大きなものが移動させられているような気配だ。見えないけれど、近くに人が――それも、大勢いる。

スズメの胸に、ぱっと希望が灯《とも》った。

「――誰か、助けに来てくれたんだわ」

ガタガタと音を立てて、スズメたちに覆い被さっていた屋根瓦《やねがわら》が取り除かれていく。そのたびに息をするのが楽になって、スズメは肩で息をしながら肘を立てて上半身を支える。

「伊生さん。もうじき出られるわ……もうちょっとだけ、頑張ってちょうだい」

その声が聞こえたのか、伊生の瞼《まぶた》がかすかに反応した。

「………さん！」

瓦礫の向こうから途切れ途切れに聞こえるのは、緋生の声だ。

スズメははっとして、息を呑む。

「スズメさん、伊生、どこですか⁉　返事をしてくださいっ！」

「緋生さん……っ！　ここよ、緋生さん………！」

必死に声を絞り出し、目の前の大きな柱をどんどん叩く。

「音が聞こえた！　ここだ！　この隙間の奥だ！」

緋生が、倒壊した屋根の下敷きになっていたスズメたちを発見した。手にしていたカンテラを放り出し、うつ伏せになるようにして瓦礫の積み重なった奥を覗《のぞ》きこみ、わずかな隙間を見つけて手を伸ばす。

外は、嵐のようやく過ぎ去った夜明けどき。

雨が止《や》んだばかりの空は、うっすらと青白く染まり始めていた。

「届かない！　スズメさん、動けますか⁉　伊生も無事ですか⁉」

瓦礫に埋もれてスズメのかぼそい返事は届かないし、腰から下を挟まれているから身動きも取れない。

そのことに気づき、緋生は表情を強ばらせた。

「柱だ！　これを動かさないと身動きが取れない！」

「おーい、そこにいる男たち全員手を貸せ！　柱を退《ど》かすぞっ！　奥さまがここにいらっしゃった！」

緋生の声に呼応した声には、聞き覚えがあった。手伝いに駆けつけてくれた大工の棟梁《とうりょう》だ。

棟梁の指示に従って、複数の男たちが救助に走り回っている気配が、瓦礫の中にいてもわかる。

それだけでも充分なくらい心強かった。

もうじき助かる。

スズメと伊生も、不安な暗闇の中から、あの明るい外へと抜け出せる。

息苦しくて圧迫されて全身が激しく痛む。苦痛をこらえて歯を食い縛っていても、もうじき助け出してもらえると思うと力が湧いてくる。

再び瓦礫の上に這いつくばった緋生が隙間からスズメの顔を覗きこみ、必死の形相で声をかけた。

「スズメさん、今引っ張り出す！　もうちょっとの辛抱ですよ！」

スズメも緋生に向かって、一所懸命声を張り上げようとした。

けれど肝心の声がかすれて、ほとんど声にならない。

「伊生さんが、怪我をしているの……」

それでも、必死に叫ぶ。

「早く……早く、手当をしてあげて……！」

「柱にロープを巻け！　自動車で一気に引っ張る！」

男たちのかけ声とともに、時間をかけて、のしかかっていた柱がほんのわずか持ち上げられる。

その隙を突いて手を伸ばした緋生がスズメの手首を掴み、引っ張る。

スズメは伊生の身体をしっかりと抱き締めて、緋生に身を預けた。

瓦礫の積み重なった上へ引っ張り出されるのに少し遅れて、倒れていた柱も自動車に引かれてずるずると、ゆっくり反対側へ引っ張られていく。

やがてスズメたちの身体が隙間から抜け出し、救助されると、周囲からもわっと歓声が上がった。

肺の奥の奥にまで、一瞬にして新鮮な空気が流れこんだ。

塵《ちり》だらけ、埃だらけの空気がこんなにおいしいと思ったのは、生まれて初めてだ。

周辺には、すでに助け出された女性たちが茣蓙《ござ》の上に寝かされていたり、介抱されたりしている。

「良かった、ご無事だ！　おい、奥さまが救出されたぞ！　坊ちゃまも一緒だ！」

「誰か、全員救出されたと屯所《とんしょ》に知らせに走れ！」

喜びに沸く人々の声を聞きながら、シャツを血で染めた緋生は瓦礫の上に座りこみ、肩で荒く息をしていた。肩の傷は止血措置を受けていたのだが、救出作業に懸命になっている間に傷が開いてしまったようだった。

「スズメさん、伊生も。見つかって、良かった……！」

朝陽が昇る寸前の空は青紫に透き通って、空気が冷たい。

「スズメ嬢も見つかったか。これで全員だな⁉　ああちょうどいい、救急馬車が着いた」

緋生の脇からスズメたちを覗きこんだ那由多が、張りのある声で指示する。

洒落ものの彼らしくなくシャツを腕まくりし、雨と汗で髪も乱していた。

自動車を運転して重い柱を動かした功労者は彼だが、スズメには、どうして那由多が今ここにいるのかわからない。

ぜいぜいと荒い呼吸を繰り返すたびに、全身に痛みが走る。喉がひゅうひゅう鳴り、苦しさのあまり、息をするたびに涙が流れ落ちた。助かったと安堵すると同時に、痛みを感じる感覚までもが鮮烈に蘇《よみがえ》る。

「動ける人間は全員力を貸せ。重傷の人間から順番に病院へ運ぶ！」

ただ、全身で息ができることが嬉しかった。助かったのだと――そう思うと、言いようもなくほっとした。

「スズメさん、すぐに病院に連れて行きますからね。安心してください。もう大丈夫ですよ」

ぐったりとしたスズメは横たわったまま、緋生の腕に抱えられている。伊生はすでに、救急隊の手に委ねられていた。

立てない。

歩けない。

そう訴えたかったけれど、もはや声も出ない。

そんなスズメの目を覗きこみ、緋生が何度も頷く。

「大丈夫ですよ。よく頑張りましたね。もう大丈夫……」

ぼんやりと霞《かす》む視界の片隅で、白地に赤十字の腕章をつけた人々が駆け寄ってくるのが見える。

手際よく担架に乗せられ、救急用の馬車に乗る頃には、スズメは再び昏倒していた。

【8】


台風が去った翌朝、都築《つづき》家の惨状が明らかになり、それを目にした人々は皆絶句するほかなかった。

裏山が崩れたのはほんの一部で、土砂の量も少なかった。

だから飲みこまれたのも都築邸の敷地内だけで済み、スズメたちがいた母屋が潰されただけだったから助かったのだ。

だが壮麗な芝生も茶室も座敷もなにもかもが土砂に飲みこまれ、無残に押し潰《つぶ》されているさまを目の当たりにすると、自然の恐ろしさを痛感せずにはいられない。

死人が出なかったのは、まさしく不幸中の幸いだった。

物音を聞きつけた周辺の住民たちが土砂崩れに気づいて、通報が早かったことも良かったのだろう。おかげで救助活動が迅速だった。

裏山から整備し直さなくては、とても人が住むことはできない。ただ都築邸が立ち塞《ふさ》がる形で、周囲の町並みはかけらも被害を受けずに済んだ。

名門の家が広大な敷地に屋敷を構えるのは、こうした被害を防ぐ目的もあるのだ。

スズメが、右手と両足の圧迫骨折に全身の打撲。

伊生《いお》が後頭部を打った際に皮膚を切ってしまって出血したが、一時的なものでたいした怪我《けが》にはならずに済んで良かったと、スズメはつくづく思う。

生き埋めになっていたのはほんのわずかな間だが、その間ずっと気絶していたのもかえって良かったのかもしれない。

そのほかスズメの近くで下敷きになった柏木《かしわぎ》や女中たちもそれぞれ大怪我をしたが命に関わるほどではなく、ほとんどの人間が後遺症もなく全快できたのは本当に奇跡と言ってもいいくらいだった。

台風一過、世間は台風の被害を乗り越え、すでに新しい日々へと歩み始めている。


「――あの夜のことが、嘘《うそ》みたいね」

小花模様の寝間着をまとったスズメは、すっかり見慣れてしまった病室の窓から空を眺《なが》めた。

体中包帯とギプスだらけだが、積み上げた枕にもたれて上半身を起こしている。

ここのところ日中でも空気が涼しいを通り越して肌寒くなってきたので、寝間着の上に、やわらかい羽織を引っかけていた。

病室の壁は白く、窓の向こうは心まですっとするような秋晴れが広がっている。一ヶ月ほど前、台風で大きな被害を受けたことが信じられないくらいの快晴だった。

帝国中央大学病院の林のような中庭では雲雀《ひばり》がのどかに鳴き交わし、そのあまりの平和さに拍子抜けさえする。

お転婆《てんば》娘として元気に走り回る人生を送ってきたスズメが、こうして一ケ月も寝たきりの日々を過ごすのは初めてだ。

身体の自由が利かず日常生活を送るのにも苦労しているけれど、緋生《ひお》と伊生がずっとそばにいてくれるので、退屈だけはしていない。

「スズメさん。有りの実を切りましたよ。食べませんか」

左肩に重度の裂傷を負って、最近やっと包帯が外せたばかりの緋生が、寝台脇の椅子《いす》に腰かけたまま、小刀で器用に梨の皮を剥《む》く。

動きやすそうなシャツとズボンを合わせた緋生の膝には、伊生がちょこんと座っていた。

頭部を打った際にちょっと切って出血が多かったけれど、伊生は比較的軽傷で済んだ。スズメが全力で庇《かば》った成果である。

緋生はスズメが知らないうちに大怪我をしていたが、もうすでに痛みはなくて生活に支障はないのだという。左肩の打撲及び裂傷は軍医に縫合処置を施されていたのだが、スズメたちの救出作業の際にまた開いてしまい、スズメが運びこまれた病院で一緒に手当を受けることになった。

その治療期間が終わっても緋生は休暇を取得して、ずっとスズメのそばにいた。

休暇中でも急ぎの書類などを片付ける用はあり、鍛錬まで復帰できないうちから軍務に引き戻されてしまったが、今でもできるだけ病室に詰めて付き添ってくれている。

頬や腕にもうっすらと傷跡が残って痛々しいが、これは倒壊した瓦礫《がれき》の中からスズメや伊生、柏木《かしわぎ》たちを救出した際にできた傷だ。

——土砂崩れがあってすぐのときに、たまたま緋生さんが帰ってきてくれたから。だから助かったんだわ。

川に流されていた少女を助け負傷した緋生は、手当を受け、那由多《なゆた》の自動車に同乗して帰宅した。那由多が沿岸にいたのは偶然だったと、スズメはあとから聞いている。

決闘ののち、那由多は尾之江《おのえ》のいる屋敷に帰る気になれず、家出息子同然の生活をしていたらしい。そして台風の襲来によりたまたま足止めされた港町で冠水被害に遭遇し、周囲の男たちに協力して避難作業を手伝っていたそうだ。

見も知らぬ人々の避難を手伝うのも、溺《おぼ》れている子供を見つけて川に飛びこんだのも。

欧州で先進的な教育を受け、奉仕の精神を教育された那由多らしい行動だと、緋生が彼のことを褒《ほ》めていたことを思い出す。

『あの男は、本物の紳士ですね。おおいに見習いたいところです』とも言っていた。

そういった話を、スズメは寝たきりの生活を送っている間に何度も聞いた。

頭も打っていたから検査を受けたが、異常はなかった。

右手首は綺麗《きれい》に折れていたぶん回復も早く、そろそろ動かせるようになってきている。押し潰されて折れてしまった両足、特に複雑骨折してしまった踵《かかと》はそれに比べると治りが遅かったが、きっちり養生したおかげで順調に回復しているのがわかる。

あと数日してギプスを外したら、退院してもいいと医師から許可も得た。

付き添っている間に緋生はどんどん器用さを発揮して、包帯や湿布の交換どころか、スズメの身体を拭《ふ》いたり梳《と》かした黒髪を緩く編んだりと、甲斐甲斐《かいがい》しく世話を焼いている。

緋生も大怪我をして本来ならば入院治療が必要だったはずなのに、彼は頑《かたく》なにそれを拒否して、ずっとスズメのそばを離れなかったのだ。

昼も夜も煌々《こうこう》と明かりをつけて、治療を受けて特別個室に移されたスズメが目を覚ますまでの間、ずっと。

「はい、口を開けて」

緋生が、食べやすいように小さく切った梨をひとかけ、スズメの口の中に入れてくれる。

「……もう私、左手で食べられるわ」

「無理をしてはだめですよ。せめて退院するまでは、僕の言うとおりになさい」

ささやかな抵抗は、あっさり切り捨てられてしまった。

小さな子供のようにこまごまと面倒を見られて恥ずかしがるスズメとは反対に、緋生は毎日とても楽しそうだ。

スズメが回復していくたびに心底嬉《うれ》しそうに微笑《ほほえ》んでくれるので、スズメとしても、頑張っておとなしくしていようという気になる。

口の中に差し入れられた梨は歯を立てると瑞々しい果汁がじゅわっと口いっぱいに溢《あふ》れて、こうした些細《ささい》なことひとつひとつに、生きていることを実感する。

おいしいものをおいしいと感じるのも、怪我を痛いと、平和を退屈だと感じるのも、すべて生きていればこそだ。

「生き埋めになったとき……気を失う前に」

今は車椅子《いす》生活だが、車椅子でも歩行練習でも、伊生という先達がいるのも心強かった。

伊生の頭の傷は縫うほどでもなかったので、痕《あと》も残らず完治している。

「私、緋生さんのことを呼んだの。聞こえた？」

「残念ながら」

残りの梨を自分の口に放りこんだ緋生が、苦笑いして首を振った。

いくら夫婦の間にしか通じない暗号を決めておいたとしても、あの状況では通じなかっただろう。

渡良瀬《わたらせ》からは花束と菓子、楓子《ふうこ》からは縫いぐるみと少女雑誌が届き、病室は見舞いの品でいっぱいだ。楓子とはお互い嫁いでからも頻繁《ひんぱん》に手紙のやり取りをしているが、その手紙もたくさん届いてスズメを楽しませてくれている。

緋生が剥いた梨は、父親の克哉《かつなり》が届けさせた果物籠《かご》の中に詰めてあったもの。

あまみの強い梨は身体の余分な熱を取り除くというから、まだ少し熱を出しやすいスズメには最適だった。

「……緋生さん。お屋敷を守れなくて、ごめんなさい。私、また叱《しか》られてしまうわね」

え、と緋生が顔を上げる。

梨の果汁で濡《ぬ》れてしまった手を手巾《しゅきん》で拭き、伊生を椅子に座り直させてから、自分はスズメの寝台の隅に腰を下ろした。

「何を言っているんです？　あなたは伊生のことを守ってくれたじゃないですか」

「でも、都築のお屋敷は、ご両親の思い出が詰まった大切な場所だわ」

裏山の土砂崩れに巻きこまれた都築邸は、もう住むことはできない。

スズメはその凄惨《せいさん》なありさまを見に行くことができなかったが、三上《みかみ》新聞社のカメラマンが写真を撮ってきてくれたので、現状はわかっている。

緋生は最初のうちはスズメの病室に看病のために泊まりこんでいたが、今は帝国ホテルの数室を通しで借り切って仮住まい中だ。

スズメの入院している帝国中央大学病院からは近いので、面会が許されている時間いっぱい入り浸ることができるので便利だった。

スズメと伊生がそれぞれ懐で守っていた位牌《いはい》と遺影は、今は豪勢な一等客室に安置されて、兄弟が相変わらず毎日手を合わせている。

怪我をした柏木たちには特別手当と休暇を出して療養させ、無事だった蕗《ふき》たちもそれぞれ充分に休養させたりと、緋生は手抜かりなく手配したようだ。

伊生の世話は一手に引き受けて、こうしてスズメの面倒もまめまめしく見る。

そんな緋生を見ていると寝ているだけの自分はもどかしくて仕方なかったけれど、骨折というものは治るまでに時間がかかる。

治ったらお礼も兼ねて、自分が緋生の慰労をしようと、スズメは心に決めていた。

「そんなことを気にしていたんですか？」

緋生が腕を伸ばして、さらさらとした黒髪を撫《な》でた。

「そんなこと、じゃないわ。大事なことよ」

「それを言うなら、僕のほうこそ悪かったんですよ。過去に執着せず、あなたを守れるよう、丈夫な屋敷に建て替えておくべきでした」

許してください、と緋生の声が沈む。

命がけで人命救助をした緋生と、身体を張って伊生を守り通したスズメと。

思えばこの夫婦は、無鉄砲な世話焼き加減がそっくりだ。

「建物が老朽化しているのは知っていました。修理はさせていたのですが、もっと根本から考えるべきでした。スズメさんや伊生がいる屋敷なんですから、もっと早くに建て直すべきだったんです。僕の落ち度です」

蓮実《はすみ》伯爵にもその旨お詫《わ》びしましたよ、と緋生が続ける。

克哉はスズメが緊急入院したと聞くなり病室に駆けつけたが、命に別状はないと知って安堵《あんど》していた。

その後も様子を見に来たり、こうして毎日のように見舞いの品を届けさせたりしてくれる。

昨日は、里で療養中の乳母夫婦も顔を見にやってきた。乳母が思っていたよりずっと顔色が良くなっていて、スズメも安心したものだ。

「お父さまは別に、緋生さんのことを怒ったりなんてしていなかったわ。悪いのは私」

「僕です」

ふたりが眼差《まなざ》しを突き合わせ、それから、互いにむっと唇を尖《とが》らせる。

「伊生さんを連れてどこか……屋敷以外のところに避難していれば良かったのよ。お屋敷の皆も一緒に。だから、悪いのは私よ」

「浸水ならともかく、土砂崩れまではあのとき誰も予想できなかったことでしょう。裏山の危険性を知っていながら放置していた僕が元凶です」

こうなると、一歩も譲らない。

この夫婦は、お互い頑固でもある。

「緋生さんは悪くないの」

「スズメさんに非はありません」

黙って椅子に腰かけ、しゃくしゃくと梨を食べていた伊生が一言、さらりと口を挟む。

「兄上、姉上も。一番悪いのは、台風でしょう?」

スズメと緋生が顔を見合わせた。

ちょうどスズメの容態を見に来た看護婦がそれを耳にして吹き出し、ふたりもつられて笑ってしまう。

「はっはっは! そうだな伊生、お前の言うとおりだ! 台風がすべての元凶だな」

明るい笑い声が満ちた病室の扉を、新たな見舞客が叩《たた》く。

「やあ、約束の時間どおりにいらしたんですね。どうぞ」

緋生がそう言って病室に請《しょう》じ入れたのは、那由多だった。

いつもの洋装より一段改まった出で立ちで、手には大きな花束を持っている。

「こんにちは、スズメ嬢。いや、都築夫人。お加減はいかがかな」

「ありがとう、那由多さん。もうだいぶいいのよ」

看護婦が気を利かせて、杖《つえ》をついて歩く伊生を看護婦たちの休憩室へ連れて行く。礼儀正しくて性格の良い伊生は、今やこの病院の看護婦たちの寵児《アイドル》だ。

大人三人だけが残され、寝台の上でスズメはちょっと身じろぎした。

背もたれにしている枕がずれてしまったのだ。

両足が自由に動かせないと、座っている体勢を保つのに苦労するものである。

さすがにその辺りは、伊生を弟に持つだけあって緋生も詳しい。

枕を退《ど》け、自分が寝台に腰を下ろして、スズメの背中を支える。那由多も椅子を勧められて、殊勝な態度で座った。

「那由多さんにも助けていただいたのに、まだなにもお礼らしいことができていなくてごめんなさい。筆も握れないものだから、お手紙も書けないの。許してくださいね」

「気にしないでいいよ。それより謝るべきは僕のほうだ」

色とりどりの秋薔薇《ばら》の花束が、スズメに躊躇《ためら》いがちに差し出される。

瑞々しい白と桃色の薔薇の棘《とげ》をすべて取り除いて、防水加工した薄紙で包んであった。

どうやっても薬臭くなる病室に、薔薇の香気が一気に広がる。

「……右手も折ってしまったんだったね。それでは何も持たせられないな。こちらのテーブルに置いておこうか？　あとで誰かに活けさせるといい」

「いえ、手はもう、少しずつ動かす練習をしているの。それに、もっと近くでお花を見たいわ」

スズメがそう言うと、那由多は目もとに優しい笑みを浮かべて、花束をスズメに手渡した。

右手が負担を受けないよう、背後から緋生の右手が無言のままに添えられる。

「ああ、いい香り！　ありがとう、那由多さん。とっても綺麗《きれい》だわ」

毎日のように車椅子に乗って病院の庭園を散歩してはいても、こんなふうに花の香りを堪能するのは久しぶりだ。

病人によっては薔薇の香りはきつすぎるので、この病院の庭園に薔薇は植わっていない。

「――蓮実邸のブランコに、こんな色の薔薇があったのを思い出してね。小さな薔薇の花園は、きみのお気に入りの遊び場だった」

「そうだったわね。懐かしいわ」

スズメの元気そうな顔を見て、那由多が少し緊張を和らげる。頬をかすめた傷はほとんど治っているが、細い線のような銃の痕が残った。

「父のこと……あのあと、僕もいろいろ調べたんだ。なんというか……申し訳ない」

那由多が膝の上で拳《こぶし》を握り、頭を下げる。スズメは慌てて顔を上げさせようとしたが、緋生が花束ごと背後からしっかり抱き留めているので動けない。

「――僕は父が裏で何をしているのか、情けないことに、今までまったく知らなかった。あの人は僕にとっては良き父親で、尊敬できる人物だった。新聞記事の件も都築中尉の同僚の弟君の件も、調べ始めた当初は証拠となるようなものも何ひとつ見つからなくて」

それでも、那由多に対して一切語られることのない母の思い出、不自然に口を噤《つぐ》む使用人たち。

不審のかけらは、あちこちに散らばっていた。

だから那由多はそのあと、父親と縁を切ったも同然の状態になっていた母方の親類と連絡を取り、当時の話を詳しく聞き出したりしていた。

「同時に、父の今までの悪事のかけらも暴いてしまってね。巧妙に隠してあったけれど、人の口に戸は立てられないものだね。唖然《あぜん》としたよ」

いずれ裁判沙汰になり、尾之江《おのえ》の裏の顔が詳《つまび》らかにされる日も近い。

那由多はもう、そのために動き始めている。

経済界や政界を揺るがす一大スキャンダルをひとり息子に起こされたとき、今は沈黙を守る尾之江がどう動くのか——それは、那由多にすらわからない。

那由多は克哉にも面談を申し込み、協力を依頼している。陥《おとしい》れられた克哉も、尾之江の被害者だからだ。

「生まれて初めて、僕は父に真っ向から反旗を翻《ひるがえ》す。これからが、僕の本当の人生だというような気さえするよ」

「ご当人はどうしているんですか？」

緋生の問いかけに、那由多は肩を竦《すく》める。

「知らぬ存ぜぬの一点張りで、まともに取り合ってくれない。だがまあ、逃げ切れはしないさ」

那由多がそう言って、一人前の男の顔で微笑んだ。

それは、生家である尾之江家を危機に晒《さら》すという意味でもある。

スズメは那由多のこんな顔を見るのは初めてで、目を瞠《みは》りつつ尋ねる。

「那由多さんは、それでいいの？」

「あの人の罪を明らかにしたうえで、償いをしていただく。当然僕も、その罪を背負うことになるだろう」

那由多の潔い決断に、スズメと緋生は顔を見合わせた。

「なにも、きみが泥を被らなくても」

緋生が取り成そうと口を開いたが、那由多の決意は固かった。

「切り捨ててしまえばいいと思うかもしれないが、まあ……これでも、親子なんだよ。知らなかったで済ませられることでもないし。馬鹿《ばか》息子は馬鹿息子なりに、綺麗な幕引きをしたくてね」

そして立ち上がった那由多が、左手を差し出して握手を求めた。

スズメが白い手を差し出し、那由多の手を握る。緋生はそれには口出しせず、静かに見守っていた。

「――私も、お力添えできることがあればなんでもするから遠慮なく仰《おつしや》ってね。だって私たち、大切なお友達だわ」

那由多は男性にしてはやや細い輪郭を描く頬を斜めにうつむかせて、苦く答える。

「僕は、きみのお友達になりたかったわけじゃないんだ」

「え」

スズメは目を丸くしたが、緋生のほうが反応は早かった。スズメを抱き締める腕に、ぐっと力がこもる。

「今更そんなことを言っても、渡すつもりはありませんよ」

「緋生さん、苦しいわ」

「わかっています。僕は、自分の心を自覚するのが遅すぎた」

それでも、本気だった。

いずれは妻に迎え、彼なりに大切に守っていくつもりでいた女性に、改めて別れを告げる。

初恋の少女はすでに、緋生に熱愛される人妻だ。それをまざまざと見せつけられて、横やりを入れるような無粋なことは彼の美学に反する。

「たとえどこにいようと僕はずっと、きみの幸せを祈り続けているよ」

最後まで那由多らしい気障《きざ》な言葉を残して、病室を立ち去っていく。

いつもは息苦しいくらい香水をまとっているのに、今日は薔薇以外何の香りもしない。

その清々《すがすが》しい背中に、スズメはこらえきれずに声をかけた。

「私も、那由多さんのお幸せを祈っているわ……！」

病室を出る際に、那由多は振り返らないまま、片手だけを振って応じた。

＊

それからしばらくしてスズメの退院した日の夜に、帝国ホテルのレストランの一室を借り切って、ささやかなパーティーが開かれた。

スズメの退院を祝って、楓子が一席設けたのである。

スズメと緋生と伊生のほか、渡良瀬も招待を受けて訪れた。楓子の夫も仕事が片付き次第やってくる約束になっているけれど、今のところまだ連絡はない。

「夫を待っていたら夜中になってしまうわ。そろそろ始めましょ」

そう言って楓子が、オレンジジュースのグラスを手に取った。

具だくさんのサンドイッチにオムライス、ポークコートレットにクロケット、琥珀色《こはくいろ》のコンソメスープ、山盛りの新鮮なサラダと、西洋風の料理ばかりを選んだのは楓子だ。

白身魚のバターソテーに、グリルした甘藍《かんらん》、じゃが芋、花野菜。

焼きたての丸パンと香ばしい香りの焼き菓子と、季節の水菓子。

西洋料理は懐石料理と違い、左手やフォークなどを使っても食べやすい。まだ右手で箸を使いにくいであろうスズメへの配慮である。

殿方用のワインや日本酒のほか、スズメたちのための飲み物も用意されていて、水入らずのパーティーはなごやかな雰囲気《ふんいき》に包まれていた。誰にも気を使わずに過ごすため、給仕すらいない。

あいすくりんは季節が合わないので用意できなかったのが少し残念だけれど、楓子が、今銀座《ぎんざ》の店で流行《はや》っているというフルーツパンチを取り寄せてくれたのが特に華やかで、伊生が大喜びした。

「大切なお友達の退院を祝って、乾杯！」

「ありがとう、ふふ子さん」

スズメがお礼を言いながら、グラスを軽く触れ合わせた。

「退院した当日なんて慌ただしくてごめんなさいね。明日からはわたくしも、夫の取材に同行してしまうものだから」

「お忙しいのね。今度はどちらにいらっしゃるの？」

「東北を回って、北海道《ほっかいどう》まで足を伸ばすって聞いているわ」

スズメはすとんとしたローウエストのロングワンピースを着て、髪も軽く束ねている。

内輪のものとはいえパーティーなので、ちょっとおめかしをしたのだ。足にはまだ包帯が巻かれているけれど、踝《くるぶし》まであるスカートのおかげで見えない。

「お怪我の具合はいかが？　もし座っているのがつらくなったらいつでも仰って」

退院したとはいえ養生中の身なので、スズメは正座するのはまだ禁止されている。椅子とテーブルのある生活のほうが、怪我が治ったばかりの身体には楽だった。

「大丈夫よ。緋生さんはまだ車椅子を使いなさいって言うけど。そろそろ普通の生活に戻さなくちゃ、そのうち動けなくなっちゃうわ」

「スズメさん、お転婆《てんば》はほどほどにするとの約束ですよ」

緋生にやんわりと釘《くぎ》を刺されて、スズメが軽く肩を竦める。

楓子はそれを見て、嬉しそうに微笑んだ。

「あらあら。スズメさんは元気の塊ですもの。あんまり心配しすぎると身がもちませんわよ」

「緋生さんてば、当分はまだホテル暮らしを続けたほうがいいんじゃないかって言うのよ」

新しい屋敷が建つまでの間家族で過ごす屋敷も、緋生は手配済みだ。

回復した柏木たちがすでにそちらに入り、主一家を待ち受けている。

「どちらにしても、今夜はこちらに泊まります。まだ部屋を引き上げていませんし、伊生がそのうち眠ってしまうでしょうから」

「何にしても良かった、良かった！　さあ伊生くん、もう一度乾杯だ！」

渡良瀬が機嫌良くそう言ってグラスを掲げた。

「俺からもお祝い申し上げますよ、奥方。それとお前は明日付で俺の上官だ。ほどほどに忖度《そんたく》を頼むぞ」

渡良瀬が冗談ぽくそう言って、テーブルから立ち上がる。

「きみの兄上は、陸軍でも記録すべき早期復帰を遂げたんだぞ。あの日和見主義の狸《たぬき》親父どもも、陸軍大臣の仰せには逆らえないんだ。ざまあみろ。いやまったく、こんな痛快な話はないね！」

嬉しくてじっとしていられないのか、伊生をひょいと抱き上げると、高く持ち上げて遊ばせ始めた。

伊生ははしゃいで身をくねらせている。渡良瀬も緋生と同じくらい背が高いから、視界が変わって楽しいのだろう。

「緋生さんが助けたご令嬢が、陸軍大臣鍾愛《しょうあい》のお孫さんだったんですってね。正妻さんのお血筋ではないから公にはできないけれど、恩人である緋生さんに感謝して特別の進級措置……情けは人のためならずって、本当ですのねえ」

情報の早い楓子の言葉を聞きながら、緋生が脚のついた玻璃《はり》のグラスを傾《かたむ》けた。スズメが隣から、興味津々で身を乗り出す。

「ねえ緋生さん、それって赤葡萄《ぶどう》酒でしょ？　どんなお味がするの？　葡萄の味？」

スズメと楓子は結婚しているけれど、まだ飲酒年齢に達していない。数年前に、二十歳になるまでは飲酒できないという法律ができたのだ。

それまでは子供でもわりとおおっぴらに飲んでいたようだが、それも男性に限った話ではある。

「ずっと、一度飲んでみたいと思っていたの」

「わたくしも！　日本酒はきつそうだけど、葡萄酒ならおいしそうだわ」

味見をしてみたいと眼《め》をきらきらさせる女性ふたりに、緋生が笑って首を振った。

このふたりは、飲み方さえ覚えれば、結構な酒豪になりそうな気がする。

「法律を破らせるわけにはいきませんよ。二十歳になったら、上等の赤葡萄酒を贈ることにしましょう。用意しておきますから、それまではお待ちなさい」

三人が盛り上がっているところに、渡良瀬がぬっと顔を出す。

「おいおい。三人で楽しそうにして、俺は子守か？」

「あなた、これから浴びるほど飲む気でしょうに」

渡良瀬は、見た目を裏切らない酒飲みである。日本酒だろうが葡萄酒だろうが、何でもござれだ。

「うわばみのお前に言われたくないわ」

「それじゃあ殿方がお酒を楽しまれている間、わたくしたちはトランプゲームでもいたしましょうか。伊生さん、トランプはご存じ？」

椅子に座り直した伊生が、楓子に向かってにっこり微笑んだ。

「知っていますけど、僕、歌留多《かるた》がいいです！」

「あらまあ、ほんのちょっぴり気が早いこと」

歌留多は、お正月遊びの代名詞だ。今は十一月の終わりで、まだ年末というには早い。

「それに、三人で歌留多はちょっと難しくありません？」

楓子が一瞬目をぱちくりさせたけれども、スズメが横から口を挟んだ。

「伊生さんは歌留多がお好きなの。ね」

「はい！」

「私たちのどちらかと伊生さんの勝負にして、残りのひとりが読み手をしましょうよ」

スズメの提案に、楓子も快く頷《うなず》いた。ホテルの遊戯室に、カード遊びの道具はいくらでも揃《そろ》っているはずだ。

「受けて立ちますわ。でもスズメさん、おててはは平気ですの？」

「そうね。うっかりするといけないから、まず先に、私が読み手をするわ。ふふ子さん、お先にどうぞ」

楓子が勇ましく腕まくりをして、臨戦態勢に入った。

「わかりましたわ。さあそれでは伊生さん、いざ、尋常に勝負！」


「白熱した戦いでしたね、スズメさん」

緋生が、笑いを噛《か》み殺す。

結局あのあと緋生と渡良瀬も巻きこんで——スズメは左手を使って——の歌留多勝負になったというのに、情けないことに大人は全員負け越してしまったのである。

スズメは唇を尖らせた。

「悔しいわ。お正月までに特訓します」

「だから言ったでしょう。伊生は強すぎなんですよ。あいつ、誰に似たんでしょうね」

パーティーがお開きになり、スズメと緋生はホテルの一間に戻ってきていた。すっかり夜も更けて、伊生は扉一枚隔てた子供部屋でぐっすり眠っている。

ふかふかの大きな寝台が据えられた寝室に入るなり、着替えもせずに抱き締められて、スズメはじっとおとなしくしている。こんなふうにまともに立って緋生の胸に顔を埋めるのは、本当に久しぶりな気がする。

緋生からは、いつもの彼の香りと一緒に赤葡萄酒の野性的な匂いがして、それがスズメの胸を一層どきどきとときめかせた。

それと同時に――数ヶ月ぶりの濃厚な空気が、少し恐ろしくも感じる。

「ん？」

緋生が身を屈《かが》め、スズメの鼻先にちゅっと軽く唇を落とす。

「震えていますね。いやですか？　怖がりなハイカラさん」

いやではないことを知っているのにわざわざこうやって尋ねるのだから、緋生は本当にいじわるだ。スズメは抗議の印に、両手で緋生の精悍《せいかん》な頬をちょっとだけつまんで引っ張った。

「怖くなんかありません」

緋生が低く喉を鳴らして笑ったかと思うと、ふわっと横向きに抱き上げられてしまう。

「素直じゃない人は、このまま寝台に運んでしまいましょう。今夜は僕も切羽詰まっていて、あまり余裕がないんです。病院ではさすがに、不埒《ふらち》な真似《まね》は慎んでいましたからね」

言動が明け透けすぎて、絶句したスズメは両手で顔を覆《おお》った。

緋生は時々、すごく即物的というか――欲望を隠さない。

「さあ、お待ちかね。夫婦ふたりきりの時間ですよ」

「そういうこと言うの、すごく嫌～……！　緋生さん、お顔だけならとても紳士なのに」

「なんとでも言ってください。紳士だろうがなんだろうが、男は男です」

スズメがぶつぶつ文句を言っている間にも緋生は自分の上着を脱ぎ、ネクタイを引き抜いて、さっさとシャツまでをもはだけてしまう。

退院祝いにと緋生から贈られたロングワンピースが、魔法のような手つきで腰のリボンをほどかれ、背中の包みボタンを外されてしまった。

ワンピースと色を合わせた小さな靴も脱がされ、緋生の手が肌着の中に差しこまれる。

靴下止めで止めていた絹のストッキングも、髪留めも、脱がされることがそれだけで立派な愛撫《あいぶ》だった。

スズメは肌から溶けそうになって、必死に呼吸を繰り返す。大きな手と長い指が、スズメの官能にあっという間に火をつけていく。

ゆっくり愛撫を重ねたいところだったけれど、我慢したくないのもふたりの偽らざる本音だ。

「――大丈夫ですか。痛かったら言ってください」

気遣いながら、緋生が慎重に入り口付近を指で慣らす。

「初めての夜みたいに硬くなっていますね……これは、じっくり慣らさないとあなたがつらい」

久方ぶりに緋生の指を受け入れて、スズメの額に汗が流れた。

ぴく、と跳ね上がりかけたふくらはぎを緋生が片手で押さえ、包帯が取れていない踵や踝にも情熱的に唇で触れていく。

「あなたはじっとしていなさい。まだ養生が必要なんですから」

「もう治ったわ。緋生さんの過保護」

「くれぐれも無茶をしないようにと、主治医も言っていたでしょう？　右手も、こちらに」

のしかかってきた緋生がそう言いながら、スズメの手を取って自分の心臓が位置する場所にあてがう。

なめらかな肌の奥で緋生の心臓がどくどく高鳴っていることに気づいて、スズメは小さく微笑《ほほえ》んだ。

「おや。余裕ですね？」

「そんなことはないけど」

「では、誘ってくれているんですか？」

切り返されて、スズメは一瞬口を噤《つぐ》んだ。

そして、瞬《まばた》きを一回してから真上にある緋生の顔を見上げる。

「誘うって、どうすればいいの？　前したみたいに、キスマークをつければいい……？」

閨《ねや》のことは今でも緋生任せだから、作法がまだあまりよくわからない。

首を傾《かし》げると、緋生の肩が一回、激しすぎる興奮を宥《なだ》めるために大きく上下した。

「魅力的な提案ですね。今度ぜひお願いします。でも今夜は久しぶりだから、あなたはじっとしていなさい」

そのまま腰を進められそうになって、スズメが慌てて赤い唇を開いた。可憐《かれん》な唇が、かすかに躊躇《ためら》ってから囁《ささや》くように告げる。

「……ねえ。電気を、消して」

「え？」

暗がりが苦手なスズメは、今までどんなに恥ずかしくても明かりを消してほしいとは言わなかった。

怪訝《けげん》そうな表情をした緋生が、スズメの額に口づけながら尋ねる。

「どうしたんですか？　僕はいくら明るくても構いませんよ。僕の楽しみを奪わないでください」

「緋生さんがそういうことを言うからいやなの！」

睦《むつ》み合っている最中に、乳房の様子だの下肢のありさまだのをいちいち耳もとで言われる身にもなってほしい。

だったらいっそ、暗くてなにも見えないほうがましだと思ったのだ。

なんとかして電気を消しに立てないかと往生際の悪いスズメを、緋生が難なく押さえこんで、キスの雨を降らせた。

スズメの息が上がってしまうほど舌を絡めてあまい唇を堪能してから、したり顔で続ける。

「電気は消しません。夫として、あなたを怖がらせるわけにはいかない」

「それ、絶対嘘《うそ》でしょう！　騙されないわ」

「心外ですね。僕は、あなたを愛しているだけですよ」

そう言われてしまうと、スズメはそれ以上反論できない。

諦めたように抵抗をやめて、率直に答える。

「私も――緋生さんを、愛しています」

じっと目を見つめて告げると、緋生がこの上なく嬉しそうな顔をするから。

ぴったりと隙間なく重ね合った下腹部からじんじんと熱く痺《しび》れて、頭の天辺から足の爪先まで、信じられないくらいの幸福感に満たされるから。

「……手加減なしに激しくしてしまいそうですが、自制します。あなたを壊すわけにはいきませんからね」

低くそう囁いて、緋生がゆるゆると挿入を開始する。

一見優しい言葉だけれど、上り詰めない快楽が延々と続くほうがかえって乱れてしまうことも、スズメはもう身をもって知っている。

「今夜は、ゆっくりしましょう。いつまでもこうして抱き合っていたい」

スズメはちょっと伸び上がって、緋生の頬に口づけた。

「緋生さん、好き。大好き」

常に笑顔を浮かべている緋生の顔から、笑みが消える。

男の欲望を剥《む》き出しにした素顔が、スズメの前でだけは取り繕えない。

低く唸《うな》るような声を上げて形良い乳房にかぶりつかれ、スズメが息を呑《の》む。腰を打ちつけられながら胸を攻められると、緋生を誘うように、小さな腰骨が妖《あや》しく揺らめいてしまうのを止められない。

白い下腹部が波打ち、緋生のものを一層締めつけた。緋生が眉根を寄せて、内部の淫《みだ》らな悪戯《いたずら》を堪能する。

「緋生さん、両方いっぺんは、だめ…………っ」

「伊生には悪いですが……僕には、いつか必ず果たそうと思っている夢があります」

「伊生さん、に……？　なあに？」

「まだ小さいから我慢していますが。伊生がもう少し手がかからなくなったら、ふたりきりで旅行しませんか」

緋生の舌が、スズメの胸の小さな乳首に吸い付いてきゅうっと吸い上げる。まるで子供があまえているようなしぐさに、スズメはきゅんとして足を閉じようとしたが、緋生の身体を挟むように開かれているので閉じることができない。

じんじんとしたあまい愉悦に痺れ、背骨から熱く溶かされていく。

身体の真芯、女性にしかない子宮から潤みが全身に広がっていくのがわかる。

蕩《とろ》かされる。

愛される。

繋《つな》がって、ひとつになる。

最奥まで満たされることを、あの言葉にできないような感覚を、女性としての本能が歓喜の蜜を滴《したた》らせて待ちわびているのだ。

びくびく痙攣《けいれん》する小さな足の甲を愛しそうに撫《な》でながら、緋生がスズメの顔を覗《のぞ》きこむ。

「旅行も、楽しそうでしょう？　どこか景色のいいところへ行きましょう」

「ふたりきり、で？」

「そうです。あなたの好きなところへ、どこへでも。誰にも邪魔をされずふたりきり、時も忘れて」

「浪漫《ろまん》ちっくな提案だと思うけど、私やっぱり、伊生さんも一緒のほうがいいと思う」

スズメの太ももにキスマークを刻んでいた緋生が、大きくため息をついた。

「やっぱりね。あなたはそう言うと思っていましたよ。まあいい。いつか実現させます」

スズメは優しいから、伊生のことを忘れない。

兄として弟が可愛《かわい》がられるのは喜ばしいことだけれど、実は嫉妬心もある。そのことをスズメは知らない。

「今このとき、あなたは僕のものですから。それだけは譲らない」

「あ、や……っ」

すべて収まったと思っていたのにまだまだ奥へと侵入されて、スズメは思わず背中をたわめて仰《の》け反《ぞ》った。

ゆっくりと進められたし潤っているから痛みもないけれど、なにしろこういう行為をするのは夏以来だ。身体は受け入れ方を覚えていても、心が、すっかりもとの乙女のように戻ってしまっていた。

緋生は焦《あせ》らず、じっくりと時間をかけて、むしろスズメの戸惑いをも楽しんでいるようだった。

「痛い？　一度抜きましょうか？」

「……ううん、大丈夫」

互いに、汗でしっとりと湿った肌を重ね合って抱き合う。繋がっているとわかっていても、片時も離れたくない。彼にあまえたい気持ちと、彼をあまえさせてあげたい気持ちが複雑に絡み合っていた。

緋生の身体の下でスズメは、深く満たされた呼吸を繰り返す。

スズメの狭い最奥に、緋生のいきり立つものがいっぱいに入りこんでいやらしく行き来している。どくどくと力強く打つ脈は、スズメのものと緋生のもの。両方が重なり合って、同じように混じり合っていくのが嬉しい。

スズメは引き攣《つ》るように胸を揺らして、訴えた。

「——緋生さん、やっぱり、なんかだめかも……っ」

内部がきゅんきゅんと疼《うず》くように蠢《うごめ》いて、緋生のものを食《は》むように締めつけているのがありありとわかってしまって、スズメは羞恥《しゅうち》のあまり身悶《みもだ》える。緋生も心地よさそうに呻《うめ》き、それから鼻先を突き合わせて微笑する。

「どうしました？　今日はずいぶん積極的ですね」

「だって」

久しぶりだから。

病院にいる間まさかこんなことをするわけにいかないから緋生はずっと我慢してくれていたけれ

ど、スズメだって我慢していたのだ。

スズメは軽く息を乱しながら、目をぱっちりと開けて緋生を見上げた。

煌々と電気が灯《とも》されているから、縫合痕の残る肩口に汗の玉が浮かんでいるのも、鍛えられて形良く割れた腹筋も、普段は絶対に見えないいたくましい下半身までもがはっきりと視界に飛びこんできてしまい、こめかみが痛いくらい熱くなる。

なんだかもう、一秒だって待てないような気がした。

ぎゅうぎゅうと力いっぱいしがみついてきたスズメを、緋生がしっかりと抱き留める。

「——僕の気持ちがわかりましたか？　見えるというのは、刺激的でしょう」

「……っ！　緋生さんの、馬鹿《ばか》………っ」

「好きなだけ見ていてください。見るに堪えないほど醜《みにく》くはないと、自負していますよ」

膝立ちになった緋生がスズメの足を大きく開かせ、誇示するように互いの下肢を打ちつける。悩ましく、艶《なま》めかしく——この上なく、淫蕩《いんとう》に。

「やだやだ、緋生さん、それやだぁ！」

飾り毛が触れ合う淫靡《いんび》さ。

赤黒く濡《ぬ》れ光るものが、スズメの中に押し入っては引き抜かれて蜜を散らす。

狭い蜜壺の中を擦《こす》られるのも、奥まで押し込められて喘《あえ》ぐのも、魂が蕩けてしまいそうなくらい心地よくてぞくぞくする。

なにより少し目を伏せ、眉根を寄せて行為に没頭する緋生の表情が、これまでに見たことがないほど美しくて。

スズメはどこもかしこも溶けて崩れ落ちてしまうのではないかと思うほど火照《ほて》って、全身が愛し合う不埒な喜びに溺《おぼ》れて、足の先まで淫らな喜びに痺《しび》れる。

寝台ごと揺らす性の営みは、冷たく乾いた死と正反対のところにある。

熱く熱く溶け合って、どろどろになるまで愛し合う野蛮で高貴な、複雑なようでいて単純に愛しかないこの行為。

スズメは喉を仰け反らせながら、両手で口を覆った。

いやらしい声を上げてしまいそうになるのがいやだったのだ。

緋生はいつも、もっと聞きたいとからかうけれど、あれは我に返ると恥ずかしい。

「声を抑えてはだめですよ」

そんなことはとっくにお見通しの緋生に、両手を掴まれてしまう。

淫らな感覚をこれでもかというほど煽《あお》り立てる緩急織り交ぜた揺らし方に、頭の奥がちかちかする。

「……っ、あ…………っ！」

訪れそうで訪れない絶頂がもどかしくて、早く早くと、果てしないくらいの焦燥感に襲われる。

「こうされるのが好きでしょう？　ゆっくり擦られるのと激しく突かれるの、どちらが好きですか？」

「わざわざ言うの、いやだってば……っ」

頬を真っ赤に染めたスズメが、最後の抵抗とばかりに身を翻《ひるがえ》した。

これ以上は堪えられない。

こんな強烈なことをずっとされていたら、おかしくなってしまう。

スズメは痺れて力の入らない上半身をうつ伏せにして、寝台の上部へ逃げようとした。

「こら。逃がしませんよ」

すかさず緋生が真上からスズメの肘を押さえ、お転婆な妻をあまく叱りつけた。

露《あら》わになった真っ白な背中に一瞬見とれて、無我夢中で口づけると、抗議するように細い悲鳴が上がる。

「おとなしく、僕に愛されていなさい。この身体は僕のものです」

「違うわ、私の身体は私のものよ」

「違いません。僕だけが夫として、こうして愛することを許されたんですから。それに、行為が嫌いじゃないと前に言ってくれたでしょう。あれ、嬉しかったですよ」

「緋生さん、これ以上いじめたら私、泣きますからね」

昔の傷跡も今回の痕も残ってしまったけれど、緋生は気にしていない。だがスズメには痕も残らず綺麗に治って良かったと、心の底から思う。

男は自身に傷跡が残ろうと気にならないけれど、愛する女性の場合は話が別だ。

愛しい女性が怪我に苦しむのも、傷が残って悲しむ姿も、できることなら見たくはない。スズメを守るために、伊生を守るために、ひいてはこの国の幸せを守るために、緋生は陸軍に身を捧げているのだから。

「まだ言ってほしい言葉もやってほしいことも、山ほどあるんですから。先は長いですよ。このくらいで恥ずかしがられては困ります」

一体何をさせられるのか――考えると本気で怖くなって、スズメは枕に額を押しつけたまま、ぷるぷる首を振った。

「もうだめ……！　これ以上されたら私、死んじゃう」

「どうしてですか。僕のものになるのが、そんなに怖いんですか？」

責め苛《さいな》まれる動きが緩やかになり、スズメはそこでなんとか落ち着くことができた。

枕に顔を押しつけたまま、くぐもる声でスズメは真っ正直に思っていることを言葉にする。

こんなふうに何ひとつ身につけていない生まれたままの姿でいるときには、嘘をつけない気がする。

今なら――普段からずっと思っていることを、率直に告げられるかもしれないと思った。

「私は、緋生さんの所有物にはならない……女性は、物ではないわ」

「そういうつもりで言ったのではありませんよ」

わかってる、とスズメがこっくり頷く。緋生はスズメを対等に見てくれているし、丁重に扱ってくれてもいる。それはよくわかっている。

でも。

「私、これからわがままを言います」

きっぱりそう言って上半身を捻《ひね》って顔を上げると、緋生がおもしろそうな顔をして先を促した。

「何を言われるかちょっと不安ではありますが……どうぞ」

「私は緋生さんのものじゃないけど……緋生さんは、私のものです」

途端に緋生がスズメの背中に顔を埋め、さも愉快そうに大笑いした。

「はははは！　そう来ましたか！」

笑わないで、とスズメは涙ぐんだ。

「私、本気なのよ。だから、笑わないで……っ」

「だってスズメさん、矛盾していますよ。僕のものになってくれないのに、僕はあなたのものなんですか？　わがままだなあ」

「だから、そう言ったでしょ。正直に言おうとしたら、こうなっちゃったんだもの」

「まったく……」

緋生はスズメに背後から覆い被さったまま、まだくっくっと笑って全身を揺らしている。繋がりはほどけているけれど、それにしても閨でここまで爆笑するというのは一体どういうことなのだろう。

——やっぱり緋生さんて、ちょっと失礼だわ。

スズメはすっかりむくれて、つんと顎をそらした。

「緋生さんてば、私をあまやかしてばかりなんだもの。だから私がわがままになってしまうのよ」

続く言葉は、ちょっと小さな声になる。

「私だって緋生さんの役に立ちたいし、あまえさせてあげたいのに。私ばっかり大事にされて、そんなの、なんだかずるいわ」

「あなたは僕を、ずいぶんあまえさせてくれていると思っていますが？」

「嘘よ。お転婆だし考えなしだし、お屋敷だって守れなかったし」

「ああ、まだそれを気にしていたんですね」

とっておきの秘密を教えてあげましょうか、と緋生が言いながら、覆い被さったままゆっくりスズメの胸を両手で包みこみ、ゆるゆると挿入を開始する。

温かくやわらかい乳房を大きな手ですっぽり包みこんで優しく揉《も》みしだき、スズメを陶然《とうぜん》と身悶えさせながら。

「あっ」

すでに真っ赤に充血した慎ましい先端を指でつまみ、息を呑むほど強く転がして弄《もてあそ》ぶ。

「んぅ……っ！」

小さくて愛らしい背骨の間に口づけの痕を刻むと、華奢《きゃしゃ》な身体がびくびくと震えた。

そしていつしか緋生の猛《たけ》るものは、スズメの最奥に迎え入れられて温かく熱く包まれる。

「河に飛びこんだときに」

緋生がスズメの身体を、繋がったまま抱き上げて起こした。

はあはあと息を乱し視界を霞《かす》ませたスズメは、なされるがままに、あぐらをかいた緋生の膝の上に腰を下ろす。

「……んぅ………台風の、日のこと？」

「ええ。僕はあのとき、溺れている子供があなたにも、爽子《さわこ》にも見えた。あのとき以降、例の頭痛が起きていないんです」

過去の傷を乗り越えられたのかもしれない、と、緋生が告げる。

スズメが、ゆっくり振り返る。

目の端に、真珠のように大粒の涙が光っていた。

「もう、平気なの？」

「たぶんね。あなたのおかげです」

「私、何もしてないわ」

「そんなことはありませんよ。あなたの言葉、やることなすことすべてが特効薬みたいなものですから。よく効きました」

「確か前に一度、お魚扱いしたでしょ。今度はお薬扱いなの？」

「どちらかというと、お守りですかね？」

スズメという、守りたい存在ができたから緋生は強くなれた。

そして、スズメは緋生の心の傷にごく自然に寄り添ってくれた。それがなにより得がたい、と緋生は思う。

「お守り……」

スズメがそう繰り返して、淡く微笑む。

緋生にそう言われるのは、とても気に入ったのだ。烏滸《おこ》がましいような気もするけれど、同時にとても誇《ほこ》らしい。

「いいわ。私、緋生さんの、緋生さんだけのお守りよ。いくらだって緋生さんを守ってあげる」

「頼もしいですね」

お礼に何でもお願いを聞いてあげますよ、と緋生があまやかす口調で囁《ささや》く。

「何でも？」

「ええ」

ちょっと考えこんでから、スズメがおずおずと口を開いた。

「……また、二輪車に乗っても構わないかしら」

「いいですよ」

「伊生さんと一緒でもいい？　前にすごく喜んでいたから、また乗せてあげたいの」

「もちろん。伊生はそのうち、自分用の二輪車がほしいと言い出しそうですね」

「それと、もうひとつお願いがあるんだけど、ふたつ同時は贅沢《ぜいたく》かしら？」

何ですか、と問う代わりに舌を絡める接吻《せっぷん》をして、スズメの唇の端から飲みこみきれなかった唾液が伝い落ちる。それを舌先で獣《けもの》のように舐《な》めて、緋生は続きを促した。

「言ってください。あなたの願うことは、何でも叶《かな》えてあげたい」

「緋生さんがもう頭痛がしなくなったのなら……無理はしないでいいんだけど、もし良かったら、事故の現場に連れて行ってほしいの」

都築家の菩提寺《ぼだいじ》にならす、すでに何度か訪れて結婚の報告も済ませている。

事故の現場は緋生にとって鬼門だとわかっていたから、スズメは今までこの願いごとを言い出せなかった。

「割合近いし、今はただの車道です。行ってもなにもありませんよ」

緋生はやむを得ない場合はこの車道を利用しているが、できるだけ近づくことを避《さ》けているし、伊生を連れて行ったこともない。

「緋生さんの大切なご家族が亡くなった場所だもの。お花を捧げに行きたいの。だめ？」

緋生が考えこむように口を噤んだあと、悪戯を企む少年のように、にっと笑った。

「――今夜あなたが僕を満足させてくれたら、考えます」

「え」

膝の上に乗せられたまま、緋生の身体の上で大きく足を開かされる。

そのまま真下から勢いよく突き上げられて、スズメの眼裏《まなうら》に星が散った。

「ひ……！　それいや、強すぎる……！」

逃げようとしても膝の裏を抱え上げられていて、スズメは身をよじることしかできない。

細い腰が助けを求めるように逃げ惑い、その動きでかえって腰骨がぐずぐずになりそうなくらいの悦楽に苛《さいな》まれる。

白い素肌の下で快楽の火花がばちばちして、喘ぐような溺れるような、艶めかしい吐息が緋生の耳を誘惑した。

スズメは頭の中がぐちゃぐちゃになってしまったようで、ぴんと反り返った爪先がびりびり震える。

「待って、緋生さん………強いの、や……っ、やめて……っ！」

緋生は、高くあまい声が紡ぐ哀願を聞き入れない。眉間に皺《しわ》を寄せ、荒い息遣いでスズメの肌を濡らしながら若い獣のように快感を貪《むさぼ》り続ける。男の容赦ない振る舞いは、スズメには激しすぎてついていけない。

「ああ、やだってば緋生さん、熱い……！」

寝台の軋《きし》む音がだんだんと大きくなって、腰骨と肉の当たる音さえはっきり聞き取れる。下肢が濡れているのが汗なのか体液なのかわからなくなってスズメが泣き叫《さけ》ぶと、緋生の両手がスズメの頭をしっかりと抱きかかえた。

それはふたりが同時に遂情《すいじょう》するための、淫らな踊りにも似て。

「…………っ、緋生さん、緋生さんたすけて…………！」

極める瞬間を怖がって、震える声で叫ぶ。

「怖くないですよ、スズメさん。愛しています」

うん、と、涙混じりにスズメは頷いた。

「私も、緋生さんのことを愛しています……！」

緋生さえそばにいてくれるなら、スズメはもう何もいらない。

欲のない妻に世界中の宝石や綺麗なもの、美味なものをありったけ贈りたい気持ちで、緋生は熱い囁きを吐息に混ぜて吐き出した。

「……一生あなたを離しませんから、安心してください」

びくんびくんとのたうつ白い身体を押さえこみながら、緋生がスズメの顎を掴んで振り向かせ、口づける。

「ん――…………っ！」

達しているのに激しく中を刺激され続け、スズメは絶え入るような悲鳴を上げた。緋生の精が胎内に広がるけれど、緋生のものはいっこうに萎《な》えず、猛々《たけだけ》しい蹂躙《じゅうりん》をやめない。

このまま次の絶頂へと突き進んでいくつもりのようだった。

「あぁ…………………！」

淫らに濡れる身体を仰向けにひっくり返されたかと思うと、緋生がほんの少しの間だけ、自身の刃《やいば》を引き抜いた。そのまま下肢に眼を落とし、スズメの胎内から溢れ出る白濁を満足そうに見つめる。

スズメはつかの間放心していて、眼を見開いたまま全身をびくびくと跳ねさせていた。数ヶ月ぶりの本格的な愛撫は、スズメには刺激が強すぎたようだ。

緋生が焦点の合わないスズメを抱き締め、再び屹立《きつりつ》したものを押し進め、濃厚な愛撫が始まる。

「……未来永劫、あなただけを愛していますよ。スズメさん」

＊

それから一年と少し経ち、季節は巡って二度目の春が訪れた。道端には桜が咲き始め、空も空気も春色に染めている。

スズメは運転手がことさら慎重に運転する自動車に揺られながら、腕の中の真っ白なおくるみにくるまれた赤ん坊にそっと声をかける。

スズメと緋生はふたりで相談して、生まれたばかりのこの娘に、春の鳥の名前をつけた。

「ほら、雲雀《ひばり》さん。もうすぐ、あなたのおうちに着くわよ。きっと伊生さんもお父さまもお待ちかねだわ。雲雀さんのおじさまと、おじいさまよ。改めて、きちんとご挨拶《あいさつ》しましょうね」

「ふたりとも今日も病院まで来るつもりだったようですが、今日は退院するだけですからね。屋敷で待っていてくださいと説得するのに、一時間近くかかりましたよ」

緋生のため息を聞いて、スズメはくすくすと笑う。

「緋生さん、お疲れさま」

肌当たりの優しい、桜色《さくらいろ》の洋服姿のスズメは、初めての出産を終えて退院したばかり——都築の新しい洋館に帰るのはしばらくぶりなので、到着が待ち遠しい。

雲雀は生後数日なので言葉はもちろんわからないけれど、母親の優しい声に反応して、ご機嫌そうに小さく声を上げている。

自動車の窓から差しこむ春の光が、まだはっきりとは見えていない赤子の宝石のような眼を、きらきら彩っていた。それを見て、スズメが嬉しそうに頬ずりする。

「生まれて初めて見るお外の景色が、桜の花ね。気に入ったの？　お屋敷のお庭にも桜の木を植えたのよ。毎年、皆でお花見をしましょうね」

雲雀は生まれたときから身体が小さいわりに産声が大きくて、今から母親そっくりのお転婆娘に育ちそうな予感がする。

スズメたちの隣に座る緋生はスズメの肩を抱き、雲雀の小さな小さな拳《こぶし》を指先でそっと撫でて慈しんでいた。

「それなら、桜の木をもっと植えさせることにしましょうか。まだ庭木は仕上がっていないから、雲雀の好きな花をたくさん育てましょう」

「私の娘だもの、歩けるようになったらきっと木登りするわよ。いいの？」

「……あまり大きく育つ木はやめておきますか」

緋生は産院の病室に見舞っているときも今も、飽《あ》きずに雲雀の顔を眺《なが》めていた。伊生の面倒をずっと見てきたこともあって、子育ての経験もあるのが頼もしい。

「雲雀さん。あなたが生まれるとわかったとき、お父さまは真っ先に、お庭にブランコを作ってくれたのよ」

都築邸を建て直すには、半年以上かかった。

だから屋敷の中はまだぴかぴかで、子供部屋のしつらえも完璧だ。

台風が去ったあと、緋生は大勢の人を雇って土砂を移動させ、土地を綺麗にならして裏山が崩れないよう工事をして、それから壮麗な洋館を建てた。とにかく頑丈になるよう職人たちに注文をして、材料も良質なものを各地から取り寄せて造った三階建ての洋館である。

歩けるどころか元気に走り回るようになった伊生のための部屋も、スズメのための茶室も、夫婦水入らずの時間を過ごすための寝室も、緋生の書斎も、両親と爽子の位牌《いはい》と遺影を飾った仏間も。

緋生が大切な家族のためにありったけの配慮を尽くした和洋折衷の邸内は暮らしやすく、使用人たちの住まいにまでこまかく行き届いているけれど、庭木は育成に時間がかかることもあってまだ造作がほとんどできていない。

そちらは今後スズメが任される予定になっているので、これから花壇《かだん》を作ったり、子供たちの遊び場を作ったり、いろいろと手を加えていこうと考えている。

「新しく雇った乳母も待機していますから、あなたはまず、ゆっくり身体を休めなくては」

「ありがとう。でも私、元気よ」

「だめです。しばらくの間はあなたも、僕に世話を焼かれておいでなさい。雲雀の食事以外は僕と乳母がやります。伊生も手伝おうとしてくるでしょうし」

暖かな陽射しにくすぐられたのか、おくるみの中で雲雀が、小さなくしゃみをした。

「ほら。雲雀もそうなさいと言っていますよ」

緋生がそう言って雲雀をおくるみごと受け取り、スズメも自身の肩にもたれかかるように抱き寄せた。

「さあ、帰りましょう。我が家へ」

待ちきれずに玄関先から門のところまで一目散に走って出迎えに来た伊生と、それをまだ多少はらはらしながら見守る柏木と。

玄関先で火をつけていない葉巻を持て余してうろうろ落ち着かない様子の克哉《かつなり》の背後に蕗が控え、スズメたちの乗った自動車が滑りこんでくるのを待つ。

伊生の明るい声が、スズメたちを出迎えた。

「兄上、姉上、雲雀！　お帰りなさい！」

／了

あとがき

こんにちは、水瀬ももです。

『ハイカラ令嬢スズメさん、このたびいけ好かない軍人さんに嫁ぐことと相成りました』をお届けできてとても嬉しいです。今回は、元気いっぱいのハイカラさんを書かせていただきました。袴にブーツのハイカラさんとくれば、軍人さんが外せませんよね。それも、ちょっと性格に癖のある美青年――緋生さんはとっても書きやすかったです（笑）。

ポジティブで繊細なスズメが暴れ回ったり乙女心を持て余したりと色々忙しい作品ではございますが、お楽しみいただければ幸いです。

イラストの御子柴リョウ先生、レトロ可愛い素敵イラストをどうもありがとうございました！

この本を出すにあたり、お世話になりました関係各所の皆さまにも、この場をお借りして御礼申し上げます。

原稿中、担当様が那由多のことを「なーくん」と呼んでいまして、それがなんだかとってもツボでした。

それでは、よろしければまた次の作品でお目にかかりましょう。

ルネッタ🅛ブックス

オトナの恋がしたくなる♥

お前はもう俺の婚約者だ——
逃がすものか

冷徹な
次期総帥が
天然花嫁に
ドはまりしたので
政略結婚して
溺愛することに
しました
水瀬もも
ルネッタ🅛ブックス

背負い投げは溺愛の始まり……!?

ISBN978-4-596-52022-7　定価1200円＋税

冷徹な次期総帥が天然花嫁にドはまりしたので政略結婚して溺愛することにしました

MOMO MIZUSE

水瀬もも

カバーイラスト／小島きいち

浮気性な父の影響で結婚に希望を持てない八条詩寿は、一族の次期総帥・理人の花嫁候補に選ばれる。気乗りしない詩寿だが、ひょんなことから理人に気に入られ、彼の屋敷で花嫁修業をすることに。「骨の髄まで愛してやろう」情熱的な愛撫で身体を拓かれ、初めてを理人に奪われる詩寿。次第に彼に惹かれていくが、ある日、脅迫状が届いて…!?

ルネッタブックス

ハイカラ令嬢スズメさん、このたびいけ好かない軍人さんに嫁ぐことと相成りました

2025年1月25日　第１刷発行 定価はカバーに表示してあります

著　者　水瀬もも

発行人　鈴木幸辰
発行所　株式会社ハーパーコリンズ・ジャパン
東京都千代田区大手町 1-5-1
04-2951-2000（注文）
0570-008091　（読者サービス係）
印刷・製本　中央精版印刷株式会社

Printed in Japan

ISBN978-4-596-72247-8

※この作品はフィクションであり、実在の人物・団体・事件等とは関係ありません。